国家出版基金项目
NATIONAL PUBLICATION FOUNDATION

华北抗日根据地及解放区文艺大系

陈　晋　郑恩兵　主编

《晋察冀日报》文艺文献全编

文艺史料

第九卷

向　回　梁晓晓　编

河北出版传媒集团
河北教育出版社

图书在版编目（CIP）数据

《晋察冀日报》文艺文献全编．文艺史料．第九卷 / 向回，梁晓晓编．-- 石家庄：河北教育出版社，2023.12
（华北抗日根据地及解放区文艺大系 / 陈晋，郑恩兵主编）
ISBN 978-7-5545-7658-8

Ⅰ．①晋… Ⅱ．①向… ②梁… Ⅲ．①文艺－作品综合集－世界－现代②晋察冀抗日根据地－文学史－史料③晋察冀抗日根据地－艺术史－史料 Ⅳ．①I11 ②I209.92

中国国家版本馆CIP数据核字(2023)第064054号

书　　名　《晋察冀日报》文艺文献全编·文艺史料·第九卷
　　　　　JINCHAJI RIBAO WENYI WENXIAN QUANBIAN WENYI SHILIAO DI-JIU JUAN
编　　者　向　回　梁晓晓

责任编辑　乔　珊
装帧设计　郝　旭
出　　版　河北出版传媒集团
　　　　　河北教育出版社　http://www.hbep.com
　　　　　（石家庄市联盟路705号，050061）
印　　制　石家庄众旺彩印有限公司
开　　本　787毫米×1092毫米　1/16
印　　张　19
字　　数　245千字
版　　次　2023年12月第1版
印　　次　2023年12月第1次印刷
书　　号　ISBN 978-7-5545-7658-8
定　　价　110.00元

丛书编委会

编纂说明

在中国共产党百年发展历程中，文艺始终是党领导人民开展进步事业的有机组成部分，是党在各个历史时期的中心工作的实时反映和重要推动力量。“华北抗日根据地及解放区文艺大系”，是一部全面展示抗日战争和解放战争时期华北地区党的历史创造、奋斗风采和形象建构的大型革命历史文艺文献丛书，对于深入研究华北地区革命文艺史、红色新闻史，弘扬伟大建党精神、梳理中国共产党人精神谱系，是必不可少的第一手资料，是我们在新时代坚定树立文化自信的重要思想资源。

一、编纂缘起

抗日战争及解放战争时期，华北地处各方政治与文化力量激烈博弈的前沿，这种特殊政治、军事、文化、地理环境中产生的革命文艺，具有鲜明的地域性特征，是五四新文化运动以来的革命文艺发展史上的突出标识。

但一直以来，由于史料文献整理不足，对华北抗日根据地及解放区文艺的研究，始终未能深入，其独特的地域性实践价值和蕴含的文化创新意义被严重遮蔽。这些史料文献主要以党报党刊的形式呈现，梳理汇编这些党报党刊中的革命文艺史料，借之以探索华北革命文艺的发展路径、发展方向、创造机制和创新经验，是深入贯彻习近平总书记关于“把红色资源利用好、把红色传统发扬好、把红色基因传承好”，“用好红色资源、赓续红色血脉”等系列重要讲话精神的有力举措，也是新时代文艺研究者不可推卸的责任。

2017 年 6 月左右，我们去中国社科院文学所拜访时任所长刘跃进先生，协商合作研究事宜，寻求中国社科院文学所的帮助。请教过程中，刘先生建议我们结合地方特色，做好地方红色文艺文献的搜集整理与编纂出版工作。经过一段时间筹备，2017 年底，我们以“河北红色经典系列丛书”为名，正式申报“2018 年度河北省省级宣传文化发展专项资金”项目并成功立项，旨在通过选定刊行河北红色经典作品、梳理汇编河北红色经典研究资料、系统阐述河北红色经典发展历史等基础性工作，打造一个集大成式的河北红色经典文献资料库。

项目最初设计共二十四卷，包括六大板块：《河北红色经典史》一卷、《河北红色文艺作品选》六卷、《河北红色经典作家作品索引》三卷、《河北红色经典研究资料汇编》四卷、《〈晋察冀日报〉副刊文学作品全编》六卷、《晋冀鲁豫抗日根据地文艺作品及〈新华日报〉太行版文艺作品汇编》四卷。但在项目实施过程中，我们充分吸收专家意见，认为网络时代和大数据背景下的科研活动有了很大变化，《河北红色经典作家作品索引》与《河北红色经典研究资料汇编》的编纂工作，在当前学术生态中价值不大，并予以取消。同时，在项目实施过程中我们发现，《晋察冀日报》《人民日报》等党报除刊发大量文艺作品外，还有大量记录边区文艺工作者行迹，反映边区戏剧、音乐、文学、美术、舞蹈、曲艺活动与报刊书籍出版发行等各方面情况的文艺史料，以及体现我党文艺方向、方针变化的政策文件与重要领导讲话，是华北地域党和人民对敌作战的重要宣传武器，更是飘扬在华北地区军民心中一面旗帜。这些史料是华北地域革命文艺发生、发展与壮大的真实记录，对我们正确认识革命文艺的特点与历史地位有重要的决定性作用。

为此，我们精心整理了《〈晋察冀日报〉文艺文献全编》《晋冀鲁豫〈人民日报〉文艺文献全编》《〈晋察冀画报〉文艺文献全编》《晋察冀日报社人物志》（共五十一卷），同时收入全国抗战时期和解放战争时期与河北地域相关且被广大群众所喜爱并广泛传唱的红色文艺作品，结集为《河北红色文艺作品选》（共六卷），至此形成丛书目前的五大板块，而且将名称由“河北红色经典系列丛书”改为“华北抗日根据地及解放区文艺大系”，方便以后在此基础上做进一步拓展。

二、地域范围及文艺特质

华北抗日根据地包括当时山东、河北、山西、察哈尔、绥远、热河全部及豫北、苏北、皖北部分地区，分晋绥、晋察冀、晋冀豫、冀鲁豫、山东五大块。1941 年，冀鲁豫合并到晋冀豫，称晋冀鲁豫。其中晋察冀抗日根据地作为开辟最早、地域最大、人口最众的模范抗日根据地，是华北抗日根据地的坚强堡垒，牵制和抗击了三分之一以上的华北日军和二分之一的伪军。

在河北及其邻省周边地区开辟与创建华北抗日根据地，是红军长征到达陕北之后党中央迅速做出的重大战略决策。这些根据地地处对日武装斗争最前线，不仅打开了抗战的新局面，成为华北敌后抗战的主战场，而且进行了新民主主义社会的实践探索，对解放战争的历史进程产生了巨大影响，成为我党开辟东北解放区的前进基地和逐鹿中原的战略后方。随着抗日根据地的开辟，延安文艺工作团、西北战地服务团、东北促进纵队干部队、八路军总政治部前线记者团等大批文艺工作者，随同党政干部一道陆续抵达华北，东北、平津的青年学生也纷纷冒着生命危险来到边区。他们一手拿枪，一手拿笔，深入农村与抗战前线，切身体会工农兵的生活，深刻了解工农兵的需求，从而根本上克服了艺术至上主义思想倾向。所以，华北抗日根据地及解放区文艺，既响应了伟大的民族抗战对文学艺术提出的时代要求，亦充分兼顾到广大人民群众的接受习惯和欣赏水平，真实地反映了华北人民火热的战斗与生产生活。很多作者本身就是农民、战士或基层工作者，他们把自己的经历和熟悉的人和事，通过小说、戏剧、诗歌、报告文学、歌曲、绘画、舞蹈等文艺样式记录下来，语言通俗平实，富有生活气息。由于产生于特定时代、特定区域而又适应特定需要，故而无论是题材、语言还是风格，在体现革命大众文艺共性的同时，又具有强烈的华北地域特性。

华北抗日根据地及解放区文艺的繁荣发展，是专业文艺工作者与工农兵群众共同创造的结果。人民群众不仅是革命文艺运动的主导主体、推进主体、受益主体，还是一切成败得失的评判主体。华北抗日根据地及解放区文艺，归根结底，是“以人民为中心”的文艺。

三、学术价值

今天的河北在抗日战争、解放战争时期是晋察冀、晋冀鲁豫两大根据地的中心区域，有着悠久的革命历史传统和丰厚的红色文化底蕴。据不完全统计，抗日战争和解放战争期间，仅晋察冀边区专区以上就办有报刊四百余种，编印图书五百余万册。如果将这种统计扩大到环绕河北的整个华北抗日根据地及解放区，时间扩展至从中国共产党成立到中华人民共和国成立，数据更为可观。这些红色图书、报刊的出版发行，团结了一大批来自全国各地的著名革命文艺家和专业文艺工作者，其中有大量文艺相关信息，是研究近现代中国革命文艺的重要史料。但因受当时物质条件及复杂局势影响，它们传播范围有限，保存困难，如今已普遍出现老化或损毁现象，面临着消失、断层的危险。

长期以来，由于对抢救、整理和利用红色文艺文献的意义认识不足，现行的科研评价、出版机制亦难以有效刺激科研工作者积极从事老旧报刊等红色文艺文献的系统整理，大量有待整理的红色文艺文献尚未进入学界的视野。特别是华北抗日根据地及解放区的文艺文献，有很多甚至还是学术盲区。如《冀中导报》《救国报》《边政导报》《冀南日报》《团结报》《前进报》《新察哈尔报》《冀热察导报》等各类党报，以及《冀热辽画报》《冀中画报》《北方文化》《五十年代》《新长城》《新群众》《诗建设》《诗战线》等期刊，虽有部分学者对其办报（刊）历程、思想以及传播等方面予以研究，但均无系统的文艺文献整理本。“华北抗日根据地及解放区文艺大系”整理的《晋察冀日报》、晋冀鲁豫《人民日报》、《晋察冀画报》，是当时华北抗日根据地及解放区党报党刊的典型代表，是党的理论和实践同文艺结合的主要媒介和载体，是华北革命文艺重要的传播平台。这些报刊，既客观记录了华北革命文艺的传播与发展，也完整展现了华北革命文艺的特殊使命与风格特征，具有极其重要的史料价值。在此基础上，我们还会将视角延伸到《晋绥日报》《新华日报·太行版》《新华日报·太岳版》等党报，不断地充实这套大型文献史料丛书，以此来系统建构华北抗日根据地及解放区的“文艺史料学”。

四、丛书特色

这套丛书的编纂，主要以抗日战争及解放战争期间华北境内各根据地、解放区出版、发行、制作之图书、期刊、报纸等红色文献中的文艺资料为内容。编纂特色主要包括：

（一）抢救珍贵历史文献，弘扬伟大建党精神。

华北抗日根据地及解放区的红色文献发行于条件艰苦的战争年代，数量少，印制质量粗糙，历经岁月的洗礼，留存下来的品相完好者已经很少，有些到今天已成孤本。这些文献作为特定历史时期和区域的产物，见证了中国共产党领导华北人民争取民族独立和人民解放的伟大历程，反映了华北近代社会的巨大变化，蕴含着珍贵的史料价值和鉴往知来的现实意义，是中国共产党领导的文艺事业、新闻出版事业与意识形态建设发展的历史见证。它们诠释了党的初心和使命，蕴含着坚定的理想信念与崇高的革命精神，到今天仍然具有强大的感染力与说服力，是陶冶情操、磨炼意志，走好新时代长征路的有效精神资源。抢救性搜集、整理与研究这些珍贵历史文献，有利于增强党政干部政治信仰，弘扬伟大建党精神和践行社会主义核心价值观。

（二）文艺与党史密切融合，拓展革命文艺与党史研究的新视野。

革命文艺作品的创作、发表和传播，和党的历史任务和奋斗实践是分不开的。在艰苦卓绝的革命岁月，奋斗前行的中国共产党始终强调，既要拿“枪杆子”，也要拿“笔杆子”。革命的文艺工作者，一手拿枪，一手拿笔，深入农村与抗战前线，以人民大众易于接受和欣赏的形式，宣传党的政策，推行党的方针，为中国共产党顺利完成不同历史阶段的中心任务和伟大使命发挥了独特而重要的作用。本套丛书收入的文献史料，主要是抗日战争与解放战争时期党报党刊中的文艺作品与文艺史料，它们鲜明生动地体现了党的历史，党领导人民争取民族独立、人民解放的奋斗历程和精神面貌，从而为学界从文艺角度研究党史和从党史角度研究文艺提供了有力支撑。

（三）作品汇编与史料梳理并行，还原革命文艺的历史场域。

“华北抗日根据地及解放区文艺大系”的编纂，全面辑录华北抗日根据地及解放区党报党刊上刊登的诗歌、小说、戏剧、报告文学、散文、歌曲、版画等文艺作品，并系统梳理当时文艺发生、发展、传播以及社会各界文艺活动的各类消息和报导，同时选编了大量的河北红色文艺作品作为补充。这种文艺史料与文艺作品的配合整理，还原了革命文艺的历史场域，有利于构建对革命文艺的科学认识。

五、丛书内容

（一）《〈晋察冀日报〉文艺文献全编》共三十八卷：

诗歌三卷

戏剧一卷

小说二卷

文艺评论三卷

文艺史料九卷

外国文艺二卷

散文报告文学十七卷

歌曲版画一卷

（二）《晋冀鲁豫〈人民日报〉文艺文献全编》共十一卷：

诗歌一卷

戏剧、小说、文艺评论一卷

散文报告文学五卷

文艺史料四卷

（三）《〈晋察冀画报〉文艺文献全编》一卷

（四）《晋察冀日报社人物志》一卷

（五）《河北红色文艺作品选》共六卷：

诗歌一卷

戏剧一卷

散文一卷

小说三卷

六、编纂体例

（一）整套丛书题材丰富、门类众多，在体裁上不做强行统一。

（二）丛书中所录作品均为当年报刊发表的原文。为确保丛书的文献性、学术性、专业性和资料性，丛书编辑加工的总原则为保持文献原貌，内容上不做改动。

（三）文字的使用

1. 丛书中文字的使用以 2013 年教育部、国家语言文字工作委员会公布的《通用规范汉字表》为准。

2. 丛书中的古体字、通假字、俗体字，以及所涉及姓名字号、职官地理等专用字，均予保留。

3. 丛书原文字迹模糊残损，但仍可辨认或可依上下文校正，以字外加方框“□”表示；原文缺字或无法辨识，且无法校补，每字以一个方框“□”表示；如无法统计所缺字数，则以“▨”表示。

4. 丛书中数字的使用，保持原貌。

（四）标点符号及其他符号的使用

1. 丛书在不改变原文意义的情况下，将旧式标点改作现行标点符号。

2. 丛书原文中出现代表文字的符号，如“×”“△”“○”“▲”等，保持原貌。

3. 丛书原文中的着重号、专名号等不再保留。

（五）其他

1. 丛书原文中的注释，保持原貌；编者亦出部分注释，供读者参考。

2. 因为原始文献本身产生于战争年代，保存不易，漫漶不清处较多，丛书疏误之处在所难免，希望专家读者批评指正。

七、鸣谢

本套丛书得以顺利面世，要特别感谢中共河北省委宣传部、河北省社会科学院、河北教育出版社的资金支持，以及北京大学陈平原教授、中国社科院文学所刘跃进研究员、南开大学文学院李扬教授、河北师范大学文学院王长华教授等，为丛书编纂提供了多方面的学术支撑。晋察冀日报社老报人及报史研究会诸位老师、中国社科院文学所现代室、中国丁玲研究会、中国现代文学馆各位专家，也在丛书编纂过程中提出了许多建设性意见；院内外的数十位年轻科研工作者，在原文录入和校对方面付出了艰辛劳动，确保了项目的顺利进行。在此一并致谢。

把艺术交给大众（代序）

——祝贺“华北抗日根据地及解放区文艺大系”结集问世

中国社会科学院　刘跃进

由河北省社会科学院文学研究所编纂、河北教育出版社出版的“华北抗日根据地及解放区文艺大系”结集问世，值得庆贺。

文艺是时代前进的号角。1937 年 7 月 7 日，卢沟桥事变爆发，全面抗战由此而起。广大的爱国知识分子和青年学生，表现出同仇敌忾的民族气节，走出书斋，走出校园，用知识，用智慧，用不屈的精神力量唤醒民众，用实际行动担负起抗日救亡的历史重任。在此后的岁月里，延安文艺和华北抗日根据地及解放区文艺，是中国共产党领导下的两大主体，双峰并峙，展示着那个时代的风貌，引领了那个时代的风气。

随着抗日根据地的开辟，延安文艺工作团、西北战地服务团、东北促进纵队干部队、八路军总政治部前线记者团等大批文艺工作者，随同党政干部一道陆续抵达华北，东北、平津的青年学生也纷纷冒着生命危险来到边区。他们一方面积极创作大量街头剧、活报剧、街头诗、墙头小说、木刻版画、歌曲、舞蹈等革命文艺，开展抗日救亡宣传运动；一方面也通过开办文艺干训班，开展各行业、各阶层甚至全民的文艺创作与评选活动，吸引工农兵群众加入文艺队伍，掀起了“晋察冀一周”“冀中一日”等具有深化性质的群众写作运动，以及“创造模范村剧团”“穷人乐”等群众戏剧运动，为晋察冀文艺史添上了浓墨重彩的一笔。

说到这里，我想起2009年参加《北平学生移动剧团团体日记》捐赠仪式的一段往事。从1937年到1938年，在中国抗战史上唯一以大学生组成的“北平学生移动剧团”在长达一年半的时间里，历尽艰难，转辗于国民党第五战区的各个战场，演出话剧，创办报纸，宣传抗日，鼓舞斗志，谱写出响彻云霄的时代赞歌。移动剧团的成员每人一周轮流记述，用日记形式记录了那段不平凡的岁月，《北平学生移动剧团团体日记》就是这部历史的记录。它不是写给个人看的私密记录，也不是为将来面世扬名。作者完全出于一种历史责任，真实客观地记录了那段鲜为人知的历史，体现出强烈的史家意识。日记封面上有这样一段题记，“北平学生移动剧团·愿我永恒·中华民国二十七年二月二十三日始·璧华”。孤立地看这部日记，也许没有什么轰轰烈烈的战斗业绩，也没有什么感人肺腑的情感纠结。客观、平实是它的本色，正是这种本色，为那个历史年代留下一段真实。“北平学生移动剧团”的抗日活动，是文艺工作者投身抗日洪流中的一个历史缩影。

随着抗战的胜利，察哈尔省会张家口解放，晋察冀文协、晋察冀剧协、晋察冀音协、晋察冀美协、晋察冀通讯社、晋察冀边区剧社、晋察冀日报社、晋察冀画报社等文化团体随中共晋察冀中央局和军区领导先后开赴华北根据地，一大批文艺工作者也随之来到华北，开展丰富多彩的文艺活动。他们坚持毛泽东《在延安文艺座谈会上的讲话》中指出的方向，一手拿枪，一手拿笔，深入农村与抗战前线，既为切身体会工农兵的生活，也为深刻了解工农兵的需求，从而在根本上克服了自身相当普遍和严重的艺术至上主义思想倾向，为工农兵而创作，为工农兵所利用，以人民大众易于接受和欣赏的形式，普遍写人民大众的生产战斗故事。譬如左翼作家邵子南，于 1938 年 10 月随西战团到晋察冀，主持战地社日常工作，主编《诗建设》；1943 年整风运动后，他到阜平任小学教员，在反“扫荡”中与群众、民兵一起转移、战斗，还直接在五丈湾跟随李勇的游击组对日寇展开地雷战；1944 年 5 月随团回延安，在鲁艺任教，后调陕甘宁文协搞专业创作，开始大量创作反映晋察冀边区生活的小说。他以亲身体验为基础创作的短篇小说《李勇大摆地雷阵》（后改为《地雷阵》），运用阜平农民群众的语言，以口语化方式讲述了爆炸英雄李勇的抗日故事，明显吸取了民间说唱文学的优点，特别是在白话叙述中还插入不少快板式的韵白，更适合群众的喜好，因而在当时广为流传，家喻户晓，起到了很大的宣传鼓动作用。其他作品，如《荷花淀》《太阳照在桑干河上》《漳河水》《赶车传》《王九诉苦》《孟祥英翻身》《新儿女英雄传》《白求恩大夫》《我的两家房东》《穷人乐》《李殿冰》《戎冠秀》《没有共产党就没有中国》《团结就是力量》《没有土地的人们》《白毛女》等，都是成功的文艺典范，在现代中国文学史上占据比较重要的位置。

在华北抗日根据地及解放区的文艺创作成果中，还有数以万计的文艺作品和极具研究价值的文艺史料刊发在根据地及解放区所办的报刊上。很多作者，本身就是农民、战士或基层工作者。他们把自己的经历和熟悉的人和事，通过小说、戏剧、诗歌、报告文学、歌曲、绘画、舞蹈等文艺样式记录下来，语言通俗，富有生活气息。人民既是历史的创造者，也是历史的见证者；既是历史的“剧中人”，也是历史的“剧作者”。让故事中的人物自己编词、自己表演的创作方式，很好地反映出人民的心声，并让人民群众从生动活泼的艺术作品中得到教育，这确实是一个成功的尝试。

配合党的中心工作，“把艺术交给大众”，通过文艺唤醒大众，这已成为华北文艺工作者的自觉意识。他们积极响应伟大的民族抗战对文学艺术提出的时代要求，充分兼顾到广大人民群众的接受习惯和欣赏水平，创作了大量的作品，真实地反映了燕赵儿女火热的战斗与生产生活，起到了良好的宣传教育与鼓动激励效果。刘萧无编排新闻报道剧《李殿冰》，编剧与演员一起住到李殿冰家里，以便于熟悉主人公的生活，搜集真实生动的群众语言，还模仿他们的动作，理解他们的心理，甚至还让主人公李殿冰等直接参与剧本的修改和编排。描写群众的生活，邀请群众参与创作，这是当时文艺工作者走群众路线的生动体现。该剧演出后获得当地老百姓的极大赞赏，鲁中实验剧团还专门学习该剧的创作方法，创编了三幕五场话剧《过关》。艾思奇《前方文艺运动的新范例》更是誉其开创了前方文艺的新范例。抗敌剧社的《王老三减租小唱》、冀中火线剧社的话剧《我们的母亲》，也都具有这种特色。

这些文艺作品，可能略显仓促，有的甚至急就于战火中，所以在素材提炼、人物形象塑造以及语言的使用、细节的刻画等方面还有很多不足。但是，这不是一般意义上的创作，而是燕赵大地为争取民族独立、人民解放的集体记忆和行动号角，是中国革命事业的重要组成部分。华北抗日根据地及解放区的文艺，有很多这样未经沉淀的纪实作品，不管其艺术性如何，但在发动群众、组织群众、铸就抗击日寇和国民党反动派铜墙铁壁方面，发挥了无可替代的作用。20 世纪五六十年代，河北地区涌现出大量的红色经典，便是华北抗日根据地及解放区文艺的传承和发展。

2017 年 6 月，河北省社科院文学所郑恩兵所长来京与我们协商合作研究事宜。我根据所了解的信息，建议他们结合地方特色，做好地方红色文艺文献的搜集整理与编纂出版工作。“华北抗日根据地及解放区文艺大系”就是那次商讨的成果。全书由五个部分组成：第一部分为《晋察冀日报》文艺文献全编，第二部分为晋冀鲁豫《人民日报》文艺文献全编，第三部分为《晋察冀画报》文艺文献全编，第四部分为晋察冀日报社人物志，第五部分为河北红色文艺作品选。全书收录各种文体的作品六千余种，包括小说、诗歌、文艺评论、戏剧、报告文学、散文、文艺通讯、美术、书法和音乐、文艺史料，还有文艺信息、文艺广告，基本涵盖了华北抗日根据地及解放区的文艺创作情况，具有很高的研究价值。

时值中华人民共和国成立七十五周年之际，我们有机会阅读这部皇皇五十余册的“华北抗日根据地及解放区文艺大系”，更加深切地感受到新中国的建立真是来之不易，她是无数条战线的可歌可泣的人们不懈奋斗的结果。在这样一个特殊的日子里，我们感念当年那些有名无名的作者，感谢参与整理工作的学者，当然，更要感激我们这个伟大的时代。

目录

附录一　各类讲座消息

附录二　广播电台节目广告

附录三　各类出版物广告

附录四　各类演出广告

附录一

各类讲座消息

晋察冀边区张家口市政府教育局通知

教行字第二十八号

中华民国三十四年十一月二十二日

为召开第六次“星期教育讲座”，希届时参加由各区教育股长、各学校校长。

第六次“星期教育讲座”定于本星期日（二十五日）上午九时在市政府俱乐部举行，主讲人冯宿海同志，讲题是《为保卫和平民主而奋斗》。届时除本市公私立小学校教职员、区教育股长全体出席外，并欢迎一切文教工作者、知识分子参加，特此通知。

局长：纪之

（不另行文）

（《晋察冀日报》1945 年 11 月 24 日）

“青年讲座”第二次“教育讲座”第七次联合举行

主讲人：中共晋察冀中央局秘书长姚依林

题目：“一二·九”运动和目前青年的方向

时间：十二月二日（星期日）下午二时开始

地点：人民剧院

除各大、中学学校学生，各小学校教职员，各区教育股长，青联

干部全体出席外，并欢迎各界青年、学生、知识分子踊跃参加。（不另通知）

市青联筹委会

市政府教育局

十一月卅日

（《晋察冀日报》1945 年 12 月 1 日）

青年讲座第三次

主讲人：教育处刘处长

题目：过去是奴隶，现在是主人

地点：华北联大礼堂

时间：本月廿三日（星期日）下午二时

届时希各大、中学同学及各界知识青年踊跃参加。

张市青联筹委会

十二月二十日

（《晋察冀日报》1945 年 12 月 22 日）

第四次青年讲座

主讲人：萧三

题目：向一个好学的人——毛泽东同志学习

时间：本月三十日（礼拜日）上午十二点

地点：华北联大礼堂

希各大、中学全体同学，各界知识青年，各机关团体干部，各区青年干部踊跃参加，提前到会。

张市青联筹委会

十二月廿八日

（《晋察冀日报》1945 年 12 月 29 日）

妇女问题讲座

主讲人：成仿吾

主题：从迷梦中出来

地点：市立剧场

时间：星期日下午三点—五点

希各职业界妇女及女知识界届时参加为荷。

张家口市妇联筹委会

十二月二十六日

（《晋察冀日报》1945 年 12 月 30 日）

青年讲座第五次

主讲人：丁玲

题目：青年知识分子的修养

时间：本月六日（星期日）下午一时

地点：华北联大礼堂

希各大、中学全体同学，各界知识青年踊跃参加。

张市青联筹委会

一月三日

（《晋察冀日报》1946年1月6日）

妇女讲座第二次

时间：本月十三日（星期日）上午十二时

地点：至善街民教馆

主讲人：王裴然

主题：漫谈有关妇女解放的法令问题

希各机关学校及各街分会凡热心妇女解放事业者届时参加为荷。

张市妇女联合会筹备会

一月十日

（《晋察冀日报》1946年1月12日）

青年讲座第六次

主讲人：华北联大文艺学院院长艾青

题目：青年与文艺

时间：本月十三日（星期日）下午一时

地点：华北联大礼堂

希各大、中学全体同学，小学六年级毕业生，与爱好文艺的各界知识青年踊跃参加为荷。

张市青联筹委会

一月十一日

（《晋察冀日报》1946年1月12日）

青年讲座第七次

主讲人：刘秀峰

题目：漫谈时事

时间：本月二十七日下午一时

地点：华北联大礼堂

希各大、中学全体同学，小学六年级毕业生，及各界知识青年，各机关干部踊跃参加。

张市青联筹委会

一月二十五日

（《晋察冀日报》1946年1月27日）

青年讲座第八次

青年讲座第八次，于本月二十四日上午十一点在联大礼堂举行，特请张如心同志讲《毛泽东的人生观》。

张市青联筹备会

（《晋察冀日报》1946 年 2 月 24 日）

鲁迅文艺讲座第一次

讲题：鲁迅

主讲：萧军

日期：三月二十四日（星期日）上午十时起

地点：华北联大礼堂

附记：各界人士，随便入场。

张家口鲁迅学会启

（《晋察冀日报》1946 年 3 月 21 日）

鲁迅文艺讲座第二次

讲题：鲁迅思想

主讲：何干之

日期：四月七日（星期日）上午十时起

地点：华北联大礼堂

附记：各界人士，随便入场。

张家口鲁迅学会启

（《晋察冀日报》1946 年∠月 4 日）

鲁迅文艺讲座第三次

讲题：鲁迅与五四运动

主讲：沙可夫

地点：联大礼堂

时间：四月二十八日（星期日）上午十时起

附记：各界人士，随便入场。

张家口鲁迅学会启

（《晋察冀日报》1946年4月26日）

张家口鲁迅学会举办暑期文艺讲谈

【本市四日讯】张家口鲁迅文学协会暨联大业余公学为适应张市广大职业青年爱好文艺的需要，帮助他们获得一般文艺知识，特请具有文艺工作经验诸同志，举行一月“暑期文艺讲谈会”，日期自本月七日起，规定每星期二、六下午六时假华北联大礼堂举行。讲题与主讲人次序如下：

一、如何从事业余文艺工作 …………………………… 萧军

二、中国新文艺发展史略及前瞻 ……………………… 欧阳凡海

三、文艺的使命 …………………………………………… 何洛

四、现代中国几位革命文艺作家介绍——鲁迅、郭沫若、茅盾 ……………………………………………………… 何干之

五、马克思主义文学观 ………………………………… 沙可夫

（《晋察冀日报》1946 年 8 月 5 日）

暑期文艺讲谈会

今日讲题：如何从事业余文艺工作

主讲：萧军

时间、地点：下午六时、联大礼堂

（自由参加）

（《晋察冀日报》1946 年 8 月 7 日）

暑期文艺讲谈会第二次

十日讲题：中国新文艺运动史略及前瞻

主讲：欧阳凡海

时间、地点：下午六点、联大礼堂

（自由参加）

（《晋察冀日报》1946 年 8 月 9 日，《副刊》第 72 期）

暑期文艺讲谈会第三次

十三日讲题：文艺的使命

主讲：何洛

时间、地点：下午六时、联大礼堂

（自由参加）

（《晋察冀日报》1946 年 8 月 12 日，《副刊》第 75 期）

暑期文艺讲谈会第四次（星期二）

二十日讲题：马克思主义文学观

主讲：沙可夫

时间、地点：下午六时、联大礼堂

附记：何干之同志因病，本星期六讲题暂停，留后补讲。

此启

（《晋察冀日报》1946 年 8 月 16 日，《副刊》第 79 期）

暑期文艺讲谈会第四次

廿五日讲题：马克思主义的文学观

主讲：沙可夫

时间、地点：下午六时、联大礼堂

声明：二十日讲谈会因事停止，改于明日补开，故内容照旧。并向前次到会听众致歉。

（自由参加）

（《晋察冀日报》1946年8月24日，《副刊》第86期）

暑期文艺讲谈会第五次

廿七日讲题：乡村文艺运动的几点经验

主讲：周巍峙

时间、地点：下午六时、联大的小礼堂

（自由参加）

（《晋察冀日报》1946年8月27日，《副刊》第89期）

星期文艺讲谈会第五次

九月一日讲题：关于文化普及运动的几个问题

主讲：邓拓

时间、地点：下午五时半、联大礼堂

（欢迎自由参加）

（《晋察冀日报》1946年9月1日）

文艺讲谈会启事

第五次暑期文艺讲谈会，本定九月一日举行，因下雨改至三日下午五时半，地址仍在联大礼堂，特此通知。

（《晋察冀日报》1946 年 9 月 2 日，《副刊》第 94 期）

附录二
广播电台节目广告

七月节讲演与文娱广播日程表

时　间	讲演人	第一游艺节目	第二游艺节目	第三游艺节目
1日	刘秀峰 韩　玉	铁路学院歌咏	群众剧社歌咏	华北联大文工团 音乐演奏
2日	于　力 郭　强	市立二校歌咏	印刷局工人 歌咏	平绥路局工人俱乐部 平剧《苏州城》
3日	陈用文 许炳炎	大鼓	联大音乐系 歌咏	蒙古文工团 歌剧《血案》
4日	杨春甫 陶　萍	电话局工人 歌咏	平绥铁路工人 歌咏	新新戏院 平剧《四进士》
5日	宋邵文 杨万库	市立女中歌咏	医科大学歌咏	联大业余剧团 话剧
6日	沙可夫 丁秀兰	大鼓	联大音乐系 歌咏	俞珊女士 平剧《宇宙锋》
7日	潘自力 张秀生	晋察冀日报工人 歌咏	市立中学歌咏	抗敌剧社 秧歌《眼睛亮了》
注，上列节目时间如下：第一讲演人（21：00-21：20），第二讲演人（17：45-18：00），第一游艺节目（18：00-18：15），第二游艺节目（19：00-19：20），第三游艺节目（22：00 开始）。				

（《晋察冀日报》1946 年 7 月 2 日）

陕北新华广播电台增加播音时间

【新华社陕北三十日电】陕北新华广播电台从九月五日该台成立两周年纪念日起，增加播间时间一小时。新节目如下：

十八点至十八点三十分：放下武器蒋军军官介绍及书信等。

十八点三十分至十九点：新闻。

一九点至十九点二十分：评论（包括每周军事述评及国际述评）。

十九点二十分至十九点四十五分：通讯、故事、综合报导等。每星期日特设《星期文艺》介绍解放区作品、歌咏及文艺活动等。

十九点四十五分至二十点：简明新闻。

二十点至二十点四十分：记录新闻。

二十点四十分至二十一点：英语新闻。

该台呼号 XNCR，波长四零四零公尺，七五零零千周。同时由邯郸广播电台转播，波长四九点二公尺，六零九六千周。

（《晋察冀日报》1947 年 9 月 1 日）

邯郸广播电台革新节目增加播音时间

【新华社晋冀鲁豫一日电】邯郸广播电台从九月一日该台一周年纪念日起，革新节目加强地方性，增加五十分钟本解放区的报导，并从九月五日起跟着陕北新华广播电台延长时间一小时，而移后播音时间一小时。九一以后的新节目如下：七点到八点半——专给人民解放军前线部队广播纪录新闻。十七点到十七点半——报告节目，重要新闻。十七点半到十八点——评论，综合报导，解放军军官的介绍、家信和作品。十八点到二十点——转播陕北新华广播电台的各种节目（九月五日起转播到二十一点为止）。二十点到二十点半（九月五日起二十一点到二十一点二十分）——晋冀鲁豫解放区新闻。二十点半到二十点五十分（九月五日起二十一点半到二十一点五十分）——晋冀鲁豫解放区报导。二十点五十分到二十一点（九月五日起二十一点五十分到二十二点）——简明新闻。该台呼号为XGHT，波长四十九点二公尺，六零九六千周。

（《晋察冀日报》1947年9月3日）

新华社晋察冀总分社通知

八月份，本社向新华总社拍发电讯文稿六七篇，共三三八四九字。截至九月三日，经总社以文字广播（口语广播未计算在内）者，共三三篇，一零零二字，其中，冀中分社八篇，二九五五字；冀晋分社二篇，七四二字；察哈尔分社三篇，七零六字；野战分社二篇，三七六字；冀东分社一篇，二三四字；冀热察分社一篇，一一零字；经本社采访及综合者一五篇，四八九九字。(不另电告)

（《晋察冀日报》1947年9月4日）

晋察冀新华广播电台通知

本台自十六日起改换波长，重订播音时间和节目，希望同志们收听和指导。本台呼号XGNC，前奏曲《黎明铁匠》，波长四五点七公尺，周率六五七零千周。每日广播时间与节目如下：

上海时间	节目内容
一七：四五—— 一八：〇〇	晋察冀新闻
一八：〇〇—— 二一：〇〇	转播陕北广播电台节目
二一：〇〇—— 二一：一五	晋察冀综合新闻、通讯或专论
二一：一五—— 二一：三〇	播给华北蒋军
二一：三〇—— 二二：〇〇	轮回节目

星期一：人民呼声

星期二：解放区介绍

星期三：艾思奇同志哲学讲座

星期四：解放区介绍

星期五：蒋介石匪帮

星期六：文艺丛谈

星期日：每周评论汇集

（《晋察冀日报》1947 年 9 月 15 日）

征求唱片

本台为加强宣传效果，特征求以下唱片《义勇军进行曲》《热血歌》。存有该两种唱片的机关或个人，希望能出让，本台当按价给以报酬。其他如有合适的平剧、粤曲等唱片，亦愿高价收买。

晋察冀新华广播电台

九月二十日

（《晋察冀日报》1947 年 9 月 22 日）

晋察冀新华广播电台广播节目

本台呼号XGNC，波长四六点三七公尺，六四七零千周，欢迎同志们收听和批评、指导。每天播音时间及节目如下：

一八：〇〇——二一：〇〇　转播陕北XNCR的节目

二一：〇〇——二一：一五　晋察冀时事

二一：一五——二一：三〇　华北时事

二一：三〇——二一：五〇　国内外大事或重要文献

二一：五〇——二二：一〇　播给华北蒋军

二二：一〇——二二：三〇　轮回节目

星期日：每周文摘

星期一：蒋介石匪帮的黑幕

星期二：革命故事

星期三：艾思奇同志哲学讲座

星期四：文艺丛谈

星期五：农民翻身

星期六：解放区介绍

（《晋察冀日报》1947年10月25日）

邯郸新华广播电台新订广播节目时间

邯郸新华广播电台自明年元旦起广播节目及时间重新订立如下：

七时至九时向南线人民解放军广播记录新闻。

十七点三十分至三十五分报告节目。

十七点三十五分至十八点对蒋军广播。

十八点至二十一点转播陕北新华广播电台各项节目。

二十一点至二十一点十分节目预告。

二十一点十分至二十五分报告重要新闻。

二十一点二十五分至五十分报告晋冀鲁豫解放区新闻及南线人民解放军的胜利消息。

二十一点五十分至二十二点十五分播送晋冀鲁豫解放区各种新闻报导及新华社重要评论。

二十二点十五分至三十分简明新闻。

该台呼号仍为XGHT，波长四十九点二公尺，六零九六千周。

（《晋察冀日报》1947年12月27日）

征求唱片

本台征求下列唱片：

一、《义勇军进行曲》

二、《热血歌》

三、《大路歌》

四、《自由之神》

五、《青年进行曲》

六、《马赛曲》

七、《船夫曲》

八、《毕业歌》

九、《拉犁歌》

十、《夜半歌声》

十一、《新女性》

十二、《迷途的羔羊》

十三、《保家乡》

十四、《锄头歌》

十五、《新莲花落》

十六、《新打花歌》

十七、《春天里》

十八、《渔火曲》

十九、《再会吧，南洋》

二十、《大刀进行曲》

以及其他所有救亡歌曲唱片，所有国乐唱片、粤曲歌片、民间歌曲小调唱片、军乐唱片，等等。如有愿出让者，请寄送本台或函告本台去人领取均可。当尽量遵照物主售价付款。如有愿捐赠者，则尤为欢迎。

晋察冀新华广播电台谨启

（凡给本台信件，请由邮局直接寄来晋察冀新华广播电台即可。）

（《晋察冀日报》1947 年 12 月 28 日）

广播节目

晋察冀新华广播电台

晋察冀新华广播电台，自一九四八年元旦起，广播节目及时间重新订立如下：

16：55—17：00　报告本台当天节目

17：00—20：00　转播陕北电台 XNCR 各项节目

20：00—20：05　报告本台当天节目

20：05—20：25　播给华北蒋军（放下武器蒋军军官名单、信、感想与本台讲话）

20：25—20：35　石家庄新闻

20：35—20：45　晋察冀时事

20：45—20：55　国内外简明综合新闻

20：55—21：10　评论或文献

21：10—21：30　重要战报记录新闻（重播当天陕北电台 XNCR 重要记录新闻）

21：30—21：50　轮回节目

星期日：游艺节目

星期一：政治讲座

星期二：蒋介石匪帮黑幕

星期三：政治讲座

星期四：解放区介绍

星期五：文艺丛谈（作品朗诵与作家介绍）

星期六：土地改革讲座（讲授农民土地问题）

21：50—22：00　华北时事或蒋区通讯

22：00—22：15　解放区歌曲介绍（专为教授解放区歌曲而设，请平津及华北各大城市学生剧团、歌咏队每天按时收听）

22：15—22：25　解放区各地通讯

22：25—22：40　革命故事（中国共产党领袖及革命先烈事迹与群众英雄斗争故事）

22：40—22：45　重要节目预告

本台呼号仍为 XGNC，波长四六点三七公尺，六四七零千周。

（《晋察冀日报》1948 年 1 月 1 日）

附录三

各类出版物广告

《晋察冀画报》第三期出版

新闻摄影

冀东子弟兵

日寇烧杀潘家峪

冀东人民

生产战线上的妇女儿童

反蚕食斗争之战绩

悼念柯棣华同志

漫画木刻

村干部会（秦兆阳）

说谎家的实话（丁里）

“来呀，我的主顾！”（焰羽）

德军之溃退（劫夫）

文艺

恶战娘子关漠河滩（刘道生）

儿童故事二则（丁克辛）

定价：洋宣纸本　四元

　　白报纸本　三元五角

北岳区新华书店

六月五日

（《晋察冀日报》1943年6月8日）

文艺新书出版：《秋白文选》

沙可夫编　文化供应社印

目录：

马克思恩格斯和文学上的现实主义

恩格斯和文学上的机械论

文艺理论家的普列汉诺夫

拉法格和他的文艺批评

关于左拉

《列宁论托尔斯泰》的注解

写在《高尔基论文选集》前面

附录：瞿秋白同志传略

经售处：各地新华书店总销处、分销处

新华书店北岳支店

（《晋察冀日报》1943年8月15日）

胜利的写真！控诉的血证！

《晋察冀画报》出反“扫荡”增刊

重要内容：

一、神仙山保卫战

二、林泉伏击战

三、外线战绩

四、爆炸英雄李勇与神枪手李殿冰

五、平阳惨案

定价：八开两面光报纸精印，实售边币一元。

总经售处：晋察冀新华书店

（《晋察冀日报》1944年2月13日）

《晋察冀画报》第四期再版预告

第四期初版印数不多，现应各方要求决定再版，三月底即可印出，欲购者希速向边区新华书店、各专总经销处接洽。

（《晋察冀日报》1944年3月16日）

《晋察冀画报》“三八”增刊出版

内容：

一、群英大会中女战斗英雄、女战斗模范的活动写真

二、拥军运动中的妇女

三、生产战线上的妇女

四、苏联的劳动妇女

定价：八开两面彩色精印实售边币二元

总经售处：晋察冀新华书店

（《晋察冀日报》1944年3月16日）

《晋察冀画报》第五期出版预告

《晋察冀画报》第五期决定于四月中旬出版，现已着手编辑制版。主要内容为去年军民反“扫荡”战役与今年边区党政军民联合召开的群英大会。欲购者可先期往本店或专区总销处预定。

晋察冀边区新华书店启

（《晋察冀日报》1944 年 3 月 21 日）

《晋察冀日报增刊》第一期出版

目录：

一、一年来陕甘宁边区赵占魁运动总结

二、吴满有和吴家枣园

三、劳动人民的创作（歌谣两首）

四、怎样养猪

五、农谚调查

六、小米要怎样吃才好

定价：拾贰元

各地欲购，总分销处有售。

边区新华书店

（《晋察冀日报》1944 年 6 月 1 日）

《晋察冀日报增刊》第八期现已出版

目录：

定价：六元

晋察冀新华书店

（《晋察冀日报》1944年9月14日）

新书出版

一、《晋察冀日报》增刊

第九期要目：

定价：六元

二、时事丛刊之七

“大东亚共荣圈”的彻底毁灭

内容为东条倒台至盟军在菲岛登陆期间，《解放日报》关于太平洋战争的评论。

晋察冀新华书店

（《晋察冀日报》1944年12月27日）

《晋察冀日报增刊》二十期

现已出版

本期目次

定价：十元

晋察冀新华书店

（《晋察冀日报》1945 年 5 月 8 日）

《晋察冀日报增刊》二十一期

本期目次

定价：十元

晋察冀新华书店

（《晋察冀日报》1945 年 5 月 30 日）

文艺丛刊之三：《李国瑞》（剧本）

杜烽著　定价：一百六十元

这剧本说明了经过整风后干部的军阀思想得到了清算，跟着战士的落后顽固也得到了改造，而这个剧本正是恰当地、真实地反映了这个问题，说明了领导作风的转变，创造了新的领导方式方法，改进了我们的工作。此剧本对我们是有深重的教育意义的。

晋察冀新华书店

（《晋察冀日报》1945 年 6 月 2 日）

《晋察冀日报增刊》二十二期

本期目次

定价：十元

晋察冀新华书店

（《晋察冀日报》1945 年 6 月 3 日）

《晋察冀画报》第八期出版

本期要目

新闻摄影

毛主席接待美国盟友

新英雄主义的光芒辉耀渤海之滨

冀中平原战斗

威震保满路冀察南线大捷

白求恩国际和平医院

海外通讯

定价：三百元

专载：晋察冀军区一九四四年对敌军事斗争的成果

通讯：向渤海边挺进

晋察冀新华书店

（《晋察冀日报》1945年6月8日）

《晋察冀日报增刊》廿三、廿四期已出版

二十三期要目

晋察冀边委会关于开展民众卫生医疗工作的指示

晋察冀边委会关于优待妇女干部及其幼儿之决定

叙利亚与黎巴嫩问题

西班牙人民在战斗着 ………………………………………… 成也竞

波兰流亡政府内幕 ……………………………〔英国〕L. 蒙达哥

记外国记者参观西北青年劳动营 ………………………………… 王天

斋堂川的解放 ………………………………………………………… 原火

定价：十元

二十四期要目

陕甘宁边区各级参议会选举条例

远东民主的种子 ………………………………………………… 斯坦因作

中国民主同盟云南支部对时局宣言

“我要开始做一个中国人” ……………………………………… 伍朴

母亲 ……………………………………………………………… 库冈诺夫原作

定价：十元

《选种和浸种》　定价：二十元

《劳动英雄韩福生》　定价：十八元

《四个民办小学》　定价：一百元

晋察冀新华书店

（《晋察冀日报》1945 年 6 月 26 日）

《晋察冀日报增刊》第二十五期

本期目次

定价：十元

晋察冀新华书店

（《晋察冀日报》1945 年 7 月 14 日）

《晋察冀日报增刊》第二十六期出版

本期目次

曲阳三个村大生产后各阶层发展趋势的简单调查 ……………… 初源

英国大选展望 ………………………………………………… R. P. 杜德

朝鲜的近况 …………………………………………………… 全世光

记重庆文化界欢宴郭沫若先生

从军青年入营以后 ………………………………………… 大后方通讯

走向胜利与创造 …………………………………………… 高尔基原作

定襄继成村组织羊工生产的经验

定价：十元

晋察冀新华书店

（《晋察冀日报》1945 年 7 月 28 日）

《晋察冀日报增刊》第二十七期已出版

本期目次

育才学校的新教育 …………………………………………… 丁华

大后方棉荒与纺织业的危机 ……………………………… 徐方略

关于种蓝、移蓝、打蓝、染蓝的经验 …………………………… 大智

贴在墙上的照片 ……………………………〔日本〕小林多喜二遗作

民国以来大事月表（续）

定价：十元

晋察冀新华书店

（《晋察冀日报》1945年8月4日）

新华书店晋察冀分店出版新书广告

从十一月一日起发售

《论联合政府》

毛泽东著　定价：边币五十元

本书为中国人民伟大领袖毛泽东同志在中共第七次全国代表大会上的政治报告。他提出了中国人民的基本要求，说明了中国共产党的政策，指明了中国人民抗战建国胜利的道路。本书自出版后，轰动中外，现已三版印行，实为新时代下中国人民必读之经典。

《论解放区战场》

朱德著　定价：边币四十元

此书系中外驰名的中国解放区抗日军领袖朱德同志在中共第七次全国代表大会上的军事报告。他具体地说明了八路军、新四军八年来支持敌后抗战的辉煌战绩和对中华民族的伟大贡献，说明了八路军、新四军为什么能够不断取得胜利与日益壮大，而且为什么能够成为旷古未有的真正中国人民军队。本书现在亦已出至三版，凡欲了解八路军、新四军之真相者，尤宜人手一编。

《解放歌声》（第一集）

中华全国音乐界抗敌协会晋察冀分会编辑　定价：边币二十元

这是一本救亡歌曲的小集子，是由几年来各种救亡歌曲精选而成的。这些歌曲曾经在抗日战争的时日里做了中国人民战斗的号角，起了鼓励斗志与教育人民的伟大作用。今天中华民族已经解放了，我们更应该欢呼而歌唱！这一歌集，作为个人自习或学校教材均所适用。

《八路军的英雄们》

冀察军区政治部辑印　定价：边币八十元

这是一本记载八路军指战员们智勇双全模范事例的书，共选辑了十二篇文章，都是带有报告文学兴味的短篇佳作。从这里可以看到八路军怎样忠实于国家民族，怎样为中国人民解放事业而贡献了自己的一切，造成了可歌可泣的历史奇迹。在目前，这本书实为最好之公民教材。

（《晋察冀日报》1945年11月4日）

《解放歌声》（第二集）出版了

中华全国音乐界抗敌协会晋察冀分会编　定价：边币二十五元

自《解放歌声第一集》出版后，大受各界读者欢迎，纷纷购阅；现在第二集又已出版，取材精要，编排新异，用三十二开纸出版。存书无多，购者从速！

新华书店晋察冀分店

（《晋察冀日报》1946年1月10日）

新华书店晋察冀分店新书出版广告

苏联文学名著《我是劳动人民的儿子》

〔苏联〕卡达耶夫著　曹靖华译　定价：边币一百元

这是一本著名的苏联小说，是由苏联文坛界最负盛名的天才作家卡达耶夫所著的。书中贯串着爱情与革命的密切结合，显示着一个人要想过着幸福的生活，必须要为人民大众的幸福去奋斗；如果全体人民大众没有幸福，那么个人也便不会有幸福。同时，通过这一故事，更显示出苏联的光明前途来。这本书曾由著者改为影剧，由苏联制片厂制成电影，名为《兵士从前线回来了》。在中国银幕上出演时，改名《孤村情劫》，轰动一时。凡为新时代下的中国人民，不可不读此书。

《甲申三百年祭》

郭沫若著　定价：边币三十元

这本书是由中国现代文化界巨人、中国著名作家和最有成就的历史家郭沫若先生所著。他用确凿的历史事实，科学地分析了明朝灭亡的社会原因；特别是对于当时农民起义军领袖李自成做了最适切的评价，第一次确定地还原了李自成的本来面目，打破了从来历史家的恶意伪造。本书自出世后，传诵全国，在晋察冀边区并据此编写《李自成》剧本出演，成绩斐然，诲人实多。

（《晋察冀日报》1946年1月25日）

新书出版广告

《问路》【小型歌剧本】

晋察冀边区戏剧协会编　定价：边币二十五元

这是一本关于儿童歌剧的小册子，它用中国民间流行的《小放牛》的曲子，表演着儿童站岗、保卫村庄的故事。内容正确通俗，适合儿童兴趣，实为一切儿童不可多得之良好读物。

新华书店晋察冀分店发行

（《晋察冀日报》1946 年 2 月 4 日）

群众读物、唱歌、画册出版了

晋察冀边委会编审委员会主编

《复仇》

何迟作（大鼓）　定价：边币十元

一九四三年，敌人“扫荡”边区，边区的子弟兵——八路军和人民在一起，坚持斗争，流血牺牲，受尽艰难，终于胜利地粉碎了敌人的大“扫荡”。作者用大鼓书形式，编出了当时阜平县某村的反“扫荡”纪事。

《老百姓打仗的故事》

敏丁编　定价：边币二十五元

边区人民在抗战八年中和日寇英勇斗争，粉碎了敌人无数次的进扰和“扫荡”，坚持了游击区的残酷斗争，协同开展了敌占区工作，曾使敌人遭受很大的死亡和损失，在战斗中民兵们发挥与创造了“游击战”“麻雀战”“地雷战”“地道战”……涌现出了不少的英雄模范。本书文笔通俗活泼，可作为民校小学的教材。

《群众歌集》（第一集）

教育阵地社编　定价：边币三十五元

本集编选于去年十二月，是华北文工团察省群众剧社及冀晋区文化工作同志们新近的创作，内容丰富，适合于工人俱乐部、剧团、民校及一般学校的需用。

群众画册之一《葛存的故事》【连环画】

曹振峰画　定价：边币二十五元

葛存是边区的劳动英雄，七七事变前，受穷受压迫，八路军来到边区，才翻过身来；在共产党、民主政府、群众团体的领导下，开展大生产运动，葛存村生产搞得顶红火，拨工互助，精耕细作，使全村人民生活改善，做到了“耕三余一”。曹振峰同志根据上述事实，极细致生动地把它做成连环画。

新华书店晋察冀分店发行

（《晋察冀日报》1945年2月5日）

新书出版

《新时代的曙光》

〔苏联〕M. 左琴科著　曹葆华译　定价：边币六十元

这是一本苏联的革命小说。全书内容是由一个伟大的革命女战士谈述自己的一生，从她童年时期受旧社会的压迫做苦工起，直到后来参加了革命活动，历尽艰险，做出了惊人的革命事业来，而终于成了女中之杰，得到了红旗勋章。她的为革命而献身的精神，实为我国今日一切革命妇女的好榜样，是值得大大学习的。

《墙头草》【短剧集】

晋察冀边区戏剧协会编　定价：边币一百四十元

这是一本小型话剧的小册子，内容都是叙述张家口市在日寇溃退、八路军解放以后的情形；写情真切生动，文笔通俗流利，作为张市一般民众文娱剧本或教育读物，均所适用。

《晋察冀画报旬刊》(第六期)

定价：边币十元

新华书店晋察冀分店发行

（《晋察冀日报》1946 年 2 月 16 日）

新书出版广告

《列宁在一九一八年》【电影剧本】

〔苏联〕A. 卡普勒等著　林淡秋译　定价：边币一百三十元

这是一本电影剧本。是描写苏联十月革命后的初期，处境异常困难，而当时天才的革命领导者列宁艰苦地工作，领导着全国广大的劳苦群众向一切困难斗争。列宁并因此而遭受反动派的刺杀，然而列宁仍是顽强地坚持着革命工作，终于战胜了一切困难，说明了社会主义的苏联是不能征服的。

《教育阵地》（六卷一期）

教育阵地社编　定价：边币二十元

新华书店晋冀察分店印行

经售处：解放大街本店门市部

福寿街门市部

明德街门市部

南武成街中华书局

（《晋察冀日报》1946 年 2 月 23 日）

综合性的《北方文化》（半月刊）出版预告

创刊号要目

《创刊的话》——成仿吾

《毛泽东的人生观》（讲座）——张如心

《灰败思想的根源一解》（批评）——萧军

《西线漫记》（报告）——萧三

《刘邦与项羽》（研究）——何干之

《人民的城》（诗）——艾青

《我在霞村的时候》（小说）——丁玲

本市东安大街

北方文化社编

电话：二八九八

新华书店发行

（《晋察冀日报》1946年3月1日）

《内蒙古周报》日内出版

创刊号要目

蒙汉对照

发刊辞

四个月的蒙联 …………………………………… 巴图

内蒙古妇女解放的道路 ……………………… 乌兰格尔勒

内蒙古学院概况 ………………………………… 梁洪

蒙古人和八路军 ………………………………… 奎壁

我的祝词 ………………………………………… 萧军

赠内蒙古同胞 …………………………………… 萧三

献给内蒙古人民 …………………………………………………… 艾青

内蒙古报社

明德北街九十九号

电话：二九一二

（《晋察冀日报》1946年3月17日）

《北方文化》第一卷第二期目录

把戏（杂文）……………………………………………………… 吴伯箫
论“爱国运动”（杂文）………………………………………… 王子野
原子生意 ………………………………………………… 运堂、陆风合译
读者中来 ……………………………………………………… 权争、朱琴
文化消息拾零
苏联科学短讯
“螳臂当车”（漫画）…………………………………………… 蔡若虹
封面设计 ……………………………………………………………… 张仃
出版：北方文化社
发行：新华书店
定价：本期零售一百五十元

（《晋察冀日报》1946 年 3 月 17 日）

《白毛女》歌集

联大文工团编　定价：一百一十元

新华书店晋察冀分店发行

经售处：明德街、福寿街门市部
　　　　南武城街中华书店
　　　　怡安市场广裕书局
　　　　平康里大众书报服应社

（《晋察冀日报》1946 年 3 月 23 日）

新书出版

《目击记》　〔苏联〕潘菲洛夫原著　定价：一百三十元

《鲁迅小说选集》　解放社编　定价：五百五十元

新华书店晋察冀分店印行

经售处：明德街、福寿街门市部

南武城街中华书店

怡安市场广裕书局

平康里大众书报服应社

（《晋察冀日报》1946年3月26日）

太行《文艺杂志》出版

【新华社太行二十五日电】太行《文艺杂志》已于本月初出版，为十六开本的大星期刊，颇得各方好评。

（《晋察冀日报》1946年3月29日）

新书出版

《中国法西斯派的阴谋与我们斗争任务》　定价：一百五十元

《侯哥弹和他的少年队》（童话）　胡海编　定价：二十元

《富得荣还乡》（故事）　萧也牧著　定价：三十元

《吴满有鼓词》（大鼓）　王尊三著　定价：二十元

《母亲们和年青子弟兵》　樊宇编　定价：二十元

《民兵战斗故事集》　丁克辛编　定价：三十元

新华书店晋察冀分店印行

经售处：明德街、福寿街门市部

南武城街中华书店

怡安市场广裕书局

平康里大众书报服应社

（《晋察冀日报》1946 年 3 月 29 日）

《北方文化》第三期要目

四月一日出版

中苏关系之回顾 …………………………………………… 成仿吾

"望乡台"畔（剧作） ……………………………………… 丁玲等作

毛泽东的科学预见 ………………………………………… 张如心

从外国法西斯看中国法西斯 ……………………………… 又常

资本主义国家的所谓"计划经济" ……………………… 王子野译

十八匹战马（散文） ……………………………………… 王林

张市寒假教师讲习会追记 ………………………………… 丁浩川

谈谈中国新文艺的性质（讨论） ………………………… 欧阳凡海

救亡歌曲的成长 …………………………………………… 焕之

出版：北方文化社

发行：新华书店晋察冀分店

（《晋察冀日报》1946 年 3 月 31 日）

《北方文化》第四期出版了

要目

（《晋察冀日报》1946 年 4 月 20 日）

《北方文化》第五期出版了

五四运动及其发展 …………………………………………………… 何干之

李大钊与“五四” …………………………………………………… 李光灿

马克思诞生纪念

马克思略传 …………………………………………………… 萧三译

马克思主义哲学诞生百年 ……………………………………… 王子野译

马克思是怎样学习的 ………………………………………… 葆荃译

马克思之为人 ………………………………………………… 柯柏年

马克思、恩格斯论中国 ……………………………………… 智建中

马克思主义的新胜利 ………………………………………… 大可

解放了的“虎列拉”（小说） ………………………………… 草明

我看见了真正的民主（报告） ……………………………… 欧阳凡海

新张家口的学生（通讯） …………………………………… 孟钺

华北联合大学的学习生活（通讯） ………………………… 张少凡

解放后第一个五一节（征文）

张家口工人的参政 …………………………………………… 凌亢

新的工资制度和工人生活 …………………………………… 胡华

工人自己的《工人报》 ……………………………………… 康濯

出版：北方文化社

发行：新华书店晋察冀分店

（《晋察冀日报》1946年5月4日）

新书出版

新华书店晋察冀分店发行

《巩固和平》（时事鼓词）　教育阵地社出版　定价：三十元

《陕甘宁边区文教大会选集》　察哈尔省府教育厅编印　定价：五十元

《大众哲学》　艾思奇著　定价：六百元

《时代青年》(第五期)　时代青年社编　定价：八十元

《晋察冀边区的劳动互助》　晋察冀边区政府实业处编印　定价：一百元

《劳动互助的典型例子和经验》　晋察冀边区政府实业处编印　定价：一百元

《户计划家庭会议和改造懒汉老婆》　晋察冀边区政府实业处编印　定价：一百元

经售处：南武城街中华书局

怡安市场广裕书局

平康里大众书报服应社

(《晋察冀日报》1946年5月7日)

新书出版

新华书店晋察冀分店发行

《屈原》(五幕史剧及其他)

郭沫若著　定价：五百元

这本书是由中国现代文化界巨人郭沫若先生所著。全书共分两部分：前一部是用中国古代屈原的故事写成五幕历史剧；后一部是一些关于屈原的论文，谈到屈原的思想及其他等。这些都是郭沫若先生天才的精心之作，曾经轰动全国。

《初小国语课本》

第二册　定价：一百元

第四册　定价：一百元

第六册　定价：一百二十元

第七册　定价：一百三十元

经售处：南武城街中华书局

怡安市场广裕书局

平康里大众书报服应社

（《晋察冀日报》1946年5月16日）

新书出版

新华书店晋察冀分店发行

《恐惧与无畏》

〔苏联〕别克原著　定价：三百五十元

这是一本苏联最新的革命文艺，全书在叙述苏联英雄潘菲洛夫将军的师团之可歌可泣建立的情形。这本书在对部队正规化的教育上意义重大，凡属军事人员，不可不读。

《拴柱》

新儿童丛书出版社出版　定价：八十元

《北方文化》（第一卷第六期）

北方文化社编　定价：一百五十元

经售处：南武城街中华书局

怡安市场广裕书局

平康里大众书报服应社

（《晋察冀日报》1946 年 5 月 19 日）

新书出版

新华书店晋察冀分店发行

《凤蝶外传》（科学小品集）　董纯才著　定价：一百五十元

这是一本科学知识的书。作者用通俗流利的笔锋、故事的形式，专门讲述各种生物发展变化的历史以及人类怎样控御它们。取材新鲜，趣味横生，实为中小学生必读之科学小品。

《新三字经》　毕珩著　定价：五十元

《中等国文》（第一册）　陕甘宁边区教育厅编　定价：五百五十元

《放牛郎》　新儿童丛书出版社出版　定价：七十元

《社会主义从空想到科学的发展》　恩格斯原著　定价：四百元

《张瑞办合作社》　教育阵地社出版　定价：五十元

《盂平英雄歌》　教育阵地社出版　定价：七十元

《李盛兰献古钱》　教育阵地社出版　定价：五十元

代销处：长安街利民广告公司

福寿街光明书店

南武城街中华书局

怡安市场广裕书局

平康里大众书报服应社

（《晋察冀日报》1946 年 5 月 31 日）

《北方文化》第二卷第一期要目

纪念教师节

出版：北方文化社

发行：新华书店晋察冀分店

（《晋察冀日报》1946 年 6 月 2 日）

新 书 出 版

新华书店晋察冀分店发行

《民族气节女英雄杨怀英》　教育阵地社出版　定价：五十元

《八路军和老百姓》（画报）　晋察冀军区政治部出版　定价：四百元

《晋察冀的控诉》（画报）　晋察冀军区政治部出版　定价：五百元

《最新东北形势图》（五彩精印）　定价：每幅一千二百元

代销处：长安街利民广告公司

福寿街光明书店

南武城街中华书局

怡安市场广裕书局

平康里大众书报服应社

（《晋察冀日报》1946年6月8日）

《北方文化》征文启事

谨启者：为了纪念中国共产党成立二十五周年及抗战九周年，《北方文化》半月刊的第二卷第三期，拟编纪念特辑。兹特向各界广泛征文：

一、凡有关上述两大纪念的各种内容，均所欢迎。例如：对中国共产党的认识，抗战的回忆，抗战中各部门工作的经验，有价值的各方面的材料以及个人感想，等等。

二、形式不拘。

三、字数——一般的纪念文字，请不要超过三千字。

四、交稿——请在六月二十二日以前寄到。

五、稿件经采用后，除发稿费外并赠送本刊。

六、来稿请寄张家口东安大街北方文化社。(电话：2898)

北方文化社启

六月八日

(《晋察冀日报》1946年6月9日)

《时代青年》二卷一期目录

现已出版

五卅对我们的教训 …………………………………………… 王向升

纪念“六六”教师节 ………………………………………… 张鸿钧

半月时事解说 ………………………………………………… 夏梦

青年思想问题漫谈

漫谈所谓正统问题 ………………………………………… 华明

论中国史上的正统主义 …………………………………… 翦伯赞

青年要常照镜子洗脸 ……………………………………… 刘国华

卖瓜者不说瓜苦 …………………………………………… 王子野

前途问题 …………………………………………………… 欧阳凡海

社会在前进 ………………………………………………… 吴伯箫

让幼稚的梦幻灭吧 ………………………………………… 水生

由一封短信谈起 …………………………………………… 韩书田

毛泽东同志的儿童时代(续完) …………………………… 萧三

如何办黑板报(边区文化生活) …………………………… 许世平

惊人的新药——链球菌丝素(科学新闻) ………………… 经

（《晋察冀日报》1946年6月9日）

新书出版

新华书店晋察冀分店发行

《前线》（修订本）　〔苏联〕科尔内楚克著　萧三译　定价：

七百元

这是一本有名的苏联剧本，曾在苏联获得了“斯大林文艺奖金”第一奖。它对革命部队的改造与教育上有很大的帮助。它自翻到中国后，延安及其他解放区曾拿它作为整风教材，成效卓著。此次由译者详加修订，重新出版，较以往译本更加完善。

晋察冀文艺创作丛书之二

《李国瑞》（剧本）　杜烽著　定价：六百五十元

《肺病疗养法》　何穆等著　定价：二百五十元

《下花园发电厂的管理与工会工作》　边区总工会编印　定价：三百五十元

《担水前后》（秧歌剧）　教育阵地社出版　定价：八十元

《妇婴卫生常识》　边区妇联会编　定价：一百元

《民族英雄杨怀英》　边区妇联会编选　定价：一百元

《教育阵地》（六卷四期）　定价：六十元

《初级算数课本》（第四册）　定价：一百二十元

《初级常识课本》（第二册）　定价：一百六十元

（第三册）　定价：一百六十元

（第四册）　定价：一百八十元

《第五专区形势略图》　定价：九百元

代销处：长安街利民广告公司

福寿街光明书店

南武城街中华书局

怡安市场广裕书局

平康里大众书报服应社

（《晋察冀日报》1946年6月21日）

《北方文化》第八期出版了

高尔基逝世纪念

我怎样学习的 …………………………………… 高尔基

关于高尔基

春日 ……………………………………………… 克夫译

A. 托尔斯泰论高尔基

纪念瞿秋白同志殉难十一周年 ……………………… 萧三

北方画页

收复区应时人种画像（漫画四幅——阿尔作）

慰问（木刻一幅——彦涵作）

平北无人区速写（三幅——古元作）

陕北说书人（速写一幅——莫璞作）

热河的土地关系概况 ……………………………… 李锐

晋察冀边区妇女的参政 …………………………… 张忱

八年来边区社会教育概述 ………………………… 项柏仁

边区乡村文艺运动略述 …………………………… 张文芳

介绍张市业余公学 ………………………………… 丁浩川

尖兵剧社 …………………………………………… 赵熙

碑 …………………………………………………… 孙犁

民主的城与反民主的城 …………………………… 白桦

英国殖民地政策的检讨 …………………………… 罗斯

哈尔滨的洋车工人 ………………………………… 陆风译

声援东北民主联军（读者中来）…………………… 杨之秋

记张市民众教育馆 ………………………………… 雁星

解放区文化教育消息

出版：北方文化社

各地新华书店代售

（《晋察冀日报》1946 年 6 月 23 日）

晋察冀军区政治部晋察冀画报社、新时代图片公司联合启事

为使《晋察冀画报》便于读者订购起见，画报社将委托新时代图片公司为总发行处。各界如欲订购或代销者，请直接到新时代图片公司接洽，办法面议。

六月五日

画报出版

《毛泽东近影集》　四百元

《晋察冀画报丛刊之一：八路军和老百姓》　四百元

《晋察冀画报丛刊之二：晋察冀的控诉》　五百元

《晋察冀画报》九、十合期　四百元

《晋察冀画报丛刊之三：民主的晋察冀》　五百元

画报出版预告

《晋察冀画报丛刊之四：人民战争》（七月一日出版）

《晋察冀画报》第十一期（七月十五日出版）

总发行处：新时代图片公司

地址：张家口解放大街

电话：三三三三

经售处：新华书店晋察冀分店

利民广告公司

新时代图片公司营业部及新华书店利民广告公司

各分销处代理店

（《晋察冀日报》1946年6月23日）

《时代青年》第八号二卷二期目录

谈谈敌伪统治下的青年思想教育 …………………………………… 熊焰

信箱

　　自己的父兄被群众斗争怎么办

　　给失足青年

　　如何解决学习和恋爱的矛盾

一个苏州青年的诉说 ………………………………………… 本刊资料室

名词浅释（帝国主义、国家）

时代青年社出版

新华书店晋察冀分店发行

（《晋察冀日报》1946 年 6 月 23 日）

联合启事

目前物价上涨，我们出版的刊物的成本随着增高，而刊物的分量又不能减少，这样，我们就不得不做暂时增价的决定：从本期——《北方文化》第八期、《时代青年》第八期——起，《北方文化》零售每本边币二百元，《时代青年》每本一百五十元。谨此启事，请各位读者注意。

北方文化社、时代青年社

六月二十日

（《晋察冀日报》1946 年 6 月 23 日）

新书出版

新华书店晋察冀分店发行

《苏联历史讲话》　A. 舍斯达柯夫编　张仲实译　定价：一千

五百元

《给初学写作者的一封信》　苏联文学顾问会著　张仲实译　定价：五百元

《抗战时期边区教育建设》（下）　教育阵地社编　定价：一千元

《小俩口和二狐灵》　教育阵地社出版　定价：一百五十元

代销处：长安街利民广告公司

福寿街光明书店

南武城街中华书局

怡安市场广裕书局

平康里大众书报服应社

（《晋察冀日报》1946年6月26日）

新书出版

新华书店晋察冀分店发行

"新教育丛书"之一　《新民主主义文化教育》（再版）　教育阵地社编　定价：八百元

"新教育丛书"之四　《教育界的英雄模范》（再版）　教育阵地社编　定价：八百元

《纺棉花》（剧本）　教育阵地社出版　定价：一百五十元

《群众歌集》（第二集）　晋察冀音乐社编　定价：一百五十元

代销处：长安街利民广告公司

福寿街光明书店

南武城街中华书局

怡安市场广裕书局

平康里大众书报服应社

（《晋察冀日报》1946年6月29日）

《北方文化》第九期要目

（“七一”“七七”纪念特刊）

北方文化社出版

各地新华书店代售

（《晋察冀日报》1946年7月3日）

新书出版

新华书店晋察冀分店发行

《鲁迅思想研究》　何干之著　定价：二千元

鲁迅的书是中国文化革命的最重要的文献，但《鲁迅全集》卷帙浩瀚，难以卒读，并且鲁迅的思想广博而精微，不易贯通。这一本是研究鲁迅的入门书，读了这本书，再去钻研鲁迅的原著，是一个捷径。刻已出版，印书无多，购者从速！

《鲁迅论文选集》　解放社编　定价：三千元

"新教育丛书"之三《新教育论文选集》（再版）　教育阵地社编　定价：一千元

"新教育丛书"之五《抗战时期边区教育建设》（上）　教育阵地社编　定价：一千元

《向着八路军》（话剧）　教育阵地社出版　定价：一百五十元

《秧歌选集》（第一集）　定价：二千元

（第二集）　定价：二千元

（第三集）　定价：一千元

代售处：张家口市各代销处

边区各地支店及代销处

（《晋察冀日报》1946 年 7 月 9 日）

《时代妇女》（月刊）创刊号要目

边区妇女政治经济地位的提高 ………………………………… 于力
张市妇女工作方针 ……………………………………………… 刘秀峰
美帝国主义分子的阴谋 ………………………………………… 齐一飞
新生妇女合作社的成功与经验 …………………………… 苏克、李殿英
地狱和天堂（女工生活） ……………………………………… 于路琳
谈谈张家口市立女中生活 ……………………………………… 陈舜玉
刘贵锡的减租斗争 ……………………………………………… 朱峥
张市妓女跳出了无边苦海 ……………………………………… 程海洲
她们在追求新的生活（工人家属生活） ……………………… 东方
康保城管妇女卷入热烈斗争中 ………………………………… 苏克
伟大的母性——王老太太 ……………………………………… 健
春夜 …………………………………………………………… 丁克辛
孟三奶奶 ……………………………………………………… 魏伯
从《鞭打芦花》看旧社会妇女地位 …………………………… 飞燕
孕妇常识 ……………………………………………………… 芦英
怎样才是科学与合理的儿童生活习惯 ………………………… 陈洪园
时代妇女社出版
各地新华书店代售

（《晋察冀日报》1946年7月10日）

新书出版

新华书店晋察冀分店发行

苏联文学名著《考验》 〔苏联〕毕尔文采夫著 汪浩译 定价：四千元

这是一本最新的苏联文学名著。内容是在描写苏德战争当中，苏

联后方工厂的人民，热爱祖国，充满了胜利信心，为了支援前线，日夜辛勤地把工厂迁移到安全地带，开始了更顺利的生产，完成了上级所给予的神圣任务。从这里可以看到苏联力量的不可侮，可以看到苏联为什么能够取得胜利。这对于我们中国人民目前所处的环境，更有着实际意义。

"新教育丛书"之一 《根据地普通教育的改革问题》（再版） 教育阵地社编 定价：六百元

《时论选集》（一） 晋察冀日报社编印 定价：一千元

《安娜·卡列尼娜》（五幕剧） 托尔斯泰原著 定价：五百元

代售处：张家口市各代销处

边区各地支店及代销处

（《晋察冀日报》1946年7月17日）

新书出版

新华书店晋察冀分店发行

《人民群众在历史上的作用》 〔苏联〕尤琴等著 秦博古编译 定价：九百元

这是一本马列主义的理论书。他用科学观点与方法说明人民群众是历史的真正创造者，是历史上的真正英雄，是国家民族的命运决定者。现在是人民的时代，人民在历史上应该有着什么地位和作用，它的发展前途如何，这本书恰恰给予了适当的评价和合理的解答。

《表现新的群众的时代》 周扬著 定价：一千四百元

《解放区短篇创作选》（第一辑） 定价：二千元

（第二辑） 定价：二千元

《李有才板话》 赵树理著 定价：一千二百元

《教育阵地》（六卷六期） 教育阵地社编 定价：六十元

《初小算术课本》（第四册） 定价：二百元

《高小算术课本》（第三册） 定价：三百元

《高小历史课本》（第四册） 定价：三百元

代售处：张家口市各代销处

边区各地支店及代销处

（《晋察冀日报》1946 年 7 月 18 日）

新书出版

新华书店晋察冀分店发行

《逼上梁山》（三幕平剧） 延安平剧研究会编写 定价：一千元

《毛泽东在延安文艺座谈会上的讲话》 定价：四百五十元

《中等国文》（第二册） 陕甘宁边区教育厅编 定价：一千五百元

《宣传工作借镜》 玛金选辑 定价：五百元

代售处：张家口市各代销处

边区各地支店及代销处

（《晋察冀日报》1946 年 7 月 22 日）

《长城》（文艺月刊）创刊号

中华民国三十五年七月二十日

长城月刊社出版

各地新华书店代售

（《晋察冀日报》1946年7月24日）

《时代青年》现已出版

第十号（二卷四期）目录

（《晋察冀日报》1946年7月25日）

新书出版

新华书店晋察冀分店发行

《少年鲁迅读本》 孙犁著 定价：五百元

《斯大林最近言论》 定价：三百元

《解放歌声》（第三期） 晋察冀音乐社编 定价：四百元

《教育阵地》（第七卷第一期）　定价：一百元

《近代中国地租概说》　陈伯达著　定价：八百元

《腐蚀》　茅盾著　定价：二千五百元

代售处：张家口市各代销处

边区各地支店及代销处

（《晋察冀日报》1946年8月4日）

《北方文化》第十一期出版了

要目

中国共产党中央委员会为“七七”九周年纪念宣言

加强爱国主义的民族大团结 …………………………… 亦军

胜利的信心召唤着我们 …………………………… 萧三

人民的呼声 …………………………… 艾虎

人们心里都想这么说 …………………………… 于力

北方画页（漫画四幅——蔡若虹作）

纪念“八一”发扬人民军队的光辉传统 …………………… 吴友文

长征记事

老山界 …………………………… 定一

我们怎样过的雪山和草地 …………………… 潘自力

“五一”前夜 …………………………… 莫文骅

红军炊事员——老路 …………………… 袁血卒

来自江淮的歌声（民歌选辑）

论发展生产力 …………………………………………………………… 胡绳

吴满有 …………………………………………………… 斯坦因作　魏伯译

朱总司令像（木刻） ………………………………………………… 力群

北方文化社出版

各地新华书店代售

（《晋察冀日报》1946年8月6日）

新书出版

新华书店晋察冀分店发行

《乱弹及其他》　瞿秋白遗著　定价：六千二百元

《乱弹》是瞿秋白同志仅存的文艺论著。遗文由鲁迅先生所收存与出版。秋白同志的卓越的思想，丰富的革命经验，深博的社会科学的造诣，以及独特的文章风格，在此书中最能显示其特色。青年们用此书做思想指导或作文范本，都无不可。今有“鲁迅学会”全照原样翻印，全书三十万言，内容丰富，装订精美，定价低廉，青年读者皆宜人手一卷。

《三打祝家庄》（三幕平剧）　延安平剧研究院集体创作　定价：一千五百元

《太平天国运动》　范文澜著　定价：六百元

《白毛女剧本》（全部）　定价：一千八百元

《中国近代史讲话》（再版）　韩启农著　定价：五百元

《蒋介石的诺言与自白》（再版）　解放日报编著　定价：一千元

《评〈中国之命运〉》(再版)　陈伯达等著　定价：六百元

《新三字经》(再版)　毕珩著　定价：六十元

代销处：张家口市各代销处

边区各地支店及代销处

(《晋察冀日报》1946年8月11日)

《时代妇女》第二期出版了

目录

英勇奋斗的女区长洪波 ………………………………………… 王建华改作

美国社会与美国妇女 ……………………………………………………… 罗干

心里的话（汇集）

小金 ……………………………………………………………………… 付克

报仇 ……………………………………………………………………… 蔡迪

会晤（诗） ……………………………………………………………… 张明云

托儿所的一天 …………………………………………………………… 莫迟

新时代妇女社出版

各地新华书店代售

（《晋察冀日报》1946年8月12日）

《北方文化》第二卷第六期出版

晋察冀边区保护与发展民族工业暂行办法

张家口劳资合作与民族工业的发展 ……………………… 胡华、吴小武

下花园发电厂的工厂管理 ………………………………………………… 柳荫

读者中来 …………………………………………………… 何干之、马振中

张市合作社概况

国民党新外汇政策的实施与恶果 ………………………………………… 凌南

苏维埃民主是民主的最高形式 ………………… 列伯德夫、哈拉克夫

纪念人民教育家——陶行知先生 ……………………………………… 丁浩川

永恒的记忆 ……………………………………………………………… 余修

路（散文） ……………………………………………………………… 秦兆阳

草原上的歌声 …………………………………………………………… 魏伯

出版：北方文化社
发行：新华书店晋察冀分店

（《晋察冀日报》1946 年 8 月 20 日）

《长城》（文艺月刊）第一卷第二期

中华民国三十五年八月二十日

英雄查巴也夫走遍了乌拉尔（歌曲）

……………………………… A. 阿力克山德罗夫遗作　朱子奇译

官场古今录 ………………………………………………………… 何干之

张家口文协长城社出版

各地新华书店代售

（《晋察冀日报》1946 年 8 月 24 日）

《时代妇女》第一卷第三期要目

全边区的姐妹们！动员起来！粉碎蒋介石的进攻！（社论）

加倍努力生产支援自卫前线 ………………………………… 李宝光

新妇女的人生观 ……………………………………………………… 华明

蒋介石危机四伏 ……………………………………………………… 易非

张市妇女慰劳忙 …………………………………………………… 赵宝洪

蓬勃发展的四专区纺织运动 ……………………………… 赵全林

张市妇女投入生产运动中 ……………………………………… 赵峰

我们对妇婴卫生工作的检讨意见 …………………… 完县妇联　赵俊卿

东北妇女已经站起来 ………………………………………… 陈学昭

顶头露青天啰 ………………………………………………………… 华山

边区银行新女干部是怎样转变的 …………………………… 怀明

国民党践踏下的北平妇女 ………………………………… 李俊玉

控诉国民党军滔天罪行 …………………………………… 王健华

我愿八路军胜利 ……………………………… 铁路医院　王丽英

劳动英雄提美彦 …………………………………………………… 肖田

心里的话（汇集）

看护员段秋芬 ……………………………………………………… 轻影

“四条腿的” ……………………………………………………… 张文秀

小红子 ……………………………………………………………… 胡海珠

说说我那伤心事 …………………………………………………… 夏园

各地新华书店代售

每册二百元

时代妇女社出版

（《晋察冀日报》1946年9月16日）

新书出版

新华书店晋察冀分店发行

《人民战争》（画报）　晋察冀军区政治部出版　定价：八百元

这里所收集的都是关于中国人民战争的一些珍贵影片，是在战争炮火里拍摄下来的人民战争的真实面目，从这里可以窥视出人民战争的声音笑貌与精神实质。

《鲁迅活叶文选》（第二辑）　鲁迅学会选注　定价：六百元

代销处：张家口市各代销处

边区各地支店邮局及代销处

（《晋察冀日报》1946年9月23日）

新书出版

新华书店晋察冀分店发行

《苏联纪行》　郭沫若著　中外出版社出版　定价：二千元

《士敏土》　〔苏联〕革拉特珂夫原著　中外出版社出版　定价：四千元

《木刻选集》　新艺术社编　中外出版社出版　定价：二千元

代销处：张家口市各代销处

　　　　边区各地支店邮局及代销处

（《晋察冀日报》1946 年 10 月 6 日）

《晋察冀日报增刊》创刊号出版预告

德国的土地改革 …………………………………………………… 莫宁

南斯拉夫实行耕者有其田 …………………………………… 子野编译

山东会战第一阶段介绍 ………………………………………… 陈道

最近蒋区物价巨潮简评 ………………………………………… 陈驰

李混子殉国前后 ………………………………………………… 吴群

接小八路（文艺） ……………………………………………… 杨沫

向徐水民兵看齐（木刻） …………………………………… 刘宏声

关于苏联国家机构问题（读者来往）

国内外大事记

本刊每十天出版一期，每期定价五百元，如愿订购，请向本报发行科接洽。

（《晋察冀日报》1947 年 3 月 6 日）

《晋察冀日报增刊》创刊号出版了

德国的土地改革 …………………………………………………………… 莫宁

南斯拉夫实行耕者有其田 ………………………………………… 子野编译

山东会战第一阶段介绍 …………………………………………………… 陈道

最近蒋区物价巨潮简评 …………………………………………………… 陈驰

李混子殉国前后 ………………………………………………………… 吴群

接小八路（文艺） ………………………………………………………… 杨沫

向徐水民兵看齐（木刻） ……………………………………………… 刘宏声

关于苏联国家机构问题（读者来往）

国内外大事记

本刊每十天出版一期，每期定价五百元，如愿订购，请向本报发行科接洽。

（《晋察冀日报》1947年3月12日）

《晋察冀日报增刊》第二期预告

国共两军的战略与战术 ………………………………………………… 史特朗

记刘伯承将军 …………………………………………………………… 张香山

晋冀鲁豫战场回溯 ……………………………………………………… 陈道

德国肃清纳粹的斗争 …………………………………………………… □洛夫

德国英占区印象记 …………………………………………………… 墨托什柯

外长会议（读报资料）

国内外大事记

本刊每十天出一期，每期定价五百元，订购者请与本报发行科接洽。

（《晋察冀日报》1947年3月19日）

《毛泽东选集》出版预告

众所渴望的《毛泽东选集》将于四月八日以前出版。全书分六卷，共六十余万言，为历年来毛泽东同志关于政治、军事、经济、文化各方面之论著。校对精确、装订美观。每部定价四万元（多购无折扣）。印数无多，希读者见报后预行订购，以便尽先分发。订购者须将价款付足。来函请寄本店、本局营业发行科。

新华书店晋察冀分店、新华印刷局启

（《晋察冀日报》1947年3月22日）

《晋察冀日报增刊》第三期目录预告

苏联当前文化工作的任务 ………………………… 布尔塞维克杂志社评

关于《星》及《列宁格勒》杂志所犯错误的报告 ………… 日丹诺夫

联共（布）中央

关于《星》及《列宁格勒》杂志的决定摘要

关于剧场上演节目改进方法的决议摘要

本刊每十天出一期，每期定价五百元，订阅者请与本报发行科接洽。

（《晋察冀日报》1947年3月29日）

《晋察冀日报增刊》第四期出版预告

目录

本刊每十天一期，每期定价五百元，订阅者请与本报发行科接洽。

（《晋察冀日报》1947年4月9日）

《晋察冀日报增刊》第五期目录预告

本期四月二十日出版，定价五百元，订阅者请与本报发行科接洽。

第四期要目

（《晋察冀日报》1947年4月19日）

《晋察冀日报增刊》第六期目录预告

本刊三十日出版，订购者请到本报发行科接洽。

（《晋察冀日报》1947年5月1日）

《晋察冀日报增刊》第七期目录预告

边区文艺座谈会特辑

本刊本月十日出版，订购者请到本刊发行科接洽。

（《晋察冀日报》1947年5月9日）

《晋察冀日报增刊》第八、九期目录预告

（《晋察冀日报》1947 年 5 月 31 日）

新华书店晋察冀分店新书出版广告

《毛泽东选集》（布面烫金精装一厚册）　每部定价：十万元
《李有才板话》（再版精印）　每部定价：六千元
《恐惧与无畏》（第二部）　每部定价：一万五千元

（《晋察冀日报》1947 年 7 月 1 日）

新书预告

《大众哲学》(重改本)　艾思奇著

旧本缺点，一方面由于写作时处在反动环境中，为要争取公开出版，许多观点就不能写得很明确；举例也只限于普通生活的事例，而没有采用政治经济斗争的例子。另一方面又限于作者自己的理论水平，写作方法只是以外国书本上的某些知识的通俗解释为主，而不能把解决中国革命的实际问题为根本的着眼点，因此就免不了有许多拘泥于书本和名词的烦琐空论，自然也就带有某些错误的论点。这一次的修改，是尽自己的力量想把这些缺点改正。……就内容来说，它和旧本已有基本的不同。(节录《重改本例言》)

(《晋察冀日报》1947年8月17日)

新书出版

《大众哲学》(重改本第一版)　艾思奇著　每部定价：二万五千元

《幸福》　仓夷遗著　每册定价：八千元

晋察冀新华书店

(《晋察冀日报》1947年8月29日)

新书预告

《晴天》　王力著

《老赵下乡》　俞林著

《吕梁英雄传》　马烽、西戎合著

《土地回家课本》　李春兰编著

《初中历史课本》　叶蠖生著

《近代地租概说》（增订本）　陈伯达著

晋察冀新华书店

（《晋察冀日报》1947 年 8 月 29 日）

新书出版

《老赵下乡》（农民翻身小说）　俞林著　每部定价：四千元

《初中历史课本》　叶蠖生著　每部定价：一万三千元

《近代中国地租概说》（增订本）　陈伯达著　每部定价：八千元

《大众哲学》（重改本）　艾思奇著　每部定价：二万五千元

晋察冀新华书店

（《晋察冀日报》1947 年 9 月 19 日）

最近出版新书

《吕梁英雄传》　马烽、西戎合著　每部定价：一万二千元

《毛泽东印象记》　斯诺等原著　每部定价：三千五百元

《陕北民歌选》　鲁迅文艺学院编　每部定价：二万元

晋察冀新华书店

（《晋察冀日报》1947 年 9 月 25 日）

新 书 出 版

毛泽东著《湖南农民运动考察报告》全文现已出版，内容除常见之：一、农村革命，二、革命先锋外，尚有第三部分“农民与农民协会”一章。

每册定价：三千五百元

《丹娘》　〔苏联〕彼·里多夫著

反法西斯战争中一个游击队女英雄的故事。

每册定价：三千元

晋察冀新华书店

（《晋察冀日报》1947 年 10 月 8 日）

新书出版　欲购从速

（一）《苏联共产党（波尔什维克）历史》

苏联共产党（波）中央委员会所设专门委员会主编

苏联共产党（波）中央委员会审定

每册装订一巨册定价：三万六千元

（二）《虹》　瓦希列夫斯卡著　曹靖华译　每册定价：二万元

（三）《白毛女》　每册定价：一万五千元

（四）《刘志丹故事》　每册定价：三千元

《唯物论与经验批判论》

曹葆华译　每部定价：三万五千元

《联共党史》对于本书曾作了结论性的评语："……列宁所著《唯物论与经验批判论》一书，是这样的党的理论上的准备。"这就是说，列宁在本书中彻底粉碎了整个反动的唯心论哲学及其各色各样的变种，保卫了和发展了辩证唯物论与历史唯物论，使布尔什维克在坚固的理论基础上建立为独立的马克思主义政党。此外，列宁这部书永远是工人阶级先进部队伟大智慧的宝藏，是科学及劳动人类思想武装的不可穷尽的源泉。凡欲认识和领会马克思主义理论的人，不可不研究这一古典巨著。

晋察冀新华书店发行

参加土改同志的一本必备参考书

《马恩列斯毛论农民土地问题》

土地问题研究社编

每册定价：报纸二千八百元，麻纸二千六百元

"理论是行动的指南！"

这本书就是给参加土改和研究土改问题的同志们，做一般理论参考用的。

本书编辑方法是按照社会发展的顺序，列举出各个历史时期农民斗争中所提出的问题，以及马恩列斯毛在不同的革命阶段上，怎样来

解决了这些问题。

全书分四节：一、封建制度下的农民，二、资产阶级与农民，三、无产阶级与农民，四、中国农民土地问题。并附录有毛主席的《湖南农民运动考察报告》《农村调查》“序言”全文。

《蒋介石罪恶史三章》

温济泽著　定价：三百元

蒋介石的罪恶是数不清的！

这三章是写他在“九一八”时当着几万学生面前要流氓假装抗日，不到两月他又用特务机枪屠杀学生数百人的血腥史。

这里所讲的三个故事都是作者亲身经过的。从这些故事里已经可以看出蒋介石的原形——一个古今最大的汉奸卖国贼！

《解放歌选》第一册（再版本）

周沛然著　定价：七百元

据读者反映，这册歌选有两大好处：错落比较少，各地小调多。好听，好唱，容易学。

《解放歌选》第二册

现正在排印中，不久出版。

华北新华书店发行

（《晋察冀日报》1947年12月3日）

广　　告

新书广告

一、《论国际形势》　每册定价：七千元

二、《新民主主义论》　每册定价：四千元

再版新书广告

三、《丹娘》　每册定价：三千元

四、《幸福》　每册定价：八千元

五、《俄罗斯水兵》　每册定价：一万元

六、《别上当》（新剧本）

七、《宝山参军》

八、《全家忙》（新剧本）

新书预告

《群众歌声》（新编歌本）

晋察冀新华书店印行

（《晋察冀日报》1948年1月6日）

农历图、新年画出版了

农历图三种：报功、拨工、丰衣足食

小画四种：攻军桥、做军鞋、报功、斗争会

四条屏：王秀鸾

六条屏：白毛女

灯花

打蒋匪

夫妻识字

结婚送礼用的——中堂条屏

原分销者请与本社接洽。

总发行所：辛集年画研究社

分销处：冀中新华书店

（《晋察冀日报》1948 年 1 月 14 日）

晋察冀新华书店新书出版

《毛泽东选集》续编　二〇〇〇〇元

本书所选是毛泽东同志在内战时期与抗战初期的几篇重要文献：《湖南农民运动考察报告》（《毛泽东选集》中该文缺第三章，兹特汇集补全）《〈共产党人〉发刊词》《井冈山前委对中央的报告》《给林彪的信》《湘赣边界各县党第二次代表大会的决议案》《中国革命战争的战略问题》。

《王元寿访瞎牛》　王子野等著　三〇〇〇元

《清风店歼灭战》　五〇〇〇元

《王贵与李香香》　李季著　三五〇〇元

《中华民国三十七年阴阳合历通书》　二五〇〇元

《苏联哲学问题》　立三译　不日出版

去年六月间联共（布）中央委员会曾召开一盛大的哲学讨论会，审查联共（布）党宣传部长亚历山大罗夫所著《西方哲学史》一书，当时有全苏著名哲学家百余人参加，从该书的批判直到一般的哲学问题，展开热烈的争论。联共（布）党中央书记之一日丹诺夫于六月二十日作了带总结性的发言，这里刊印的就是日丹诺夫发言的全文。

《苏联文艺问题》　四〇〇〇元

本书汇集了联共（布）中央《关于〈星〉与〈列宁格勒〉杂志的决定》与《关于剧场上演节目及改进方法的决定》，以及日丹诺夫的报告、《苏联作家协会理事会主席团的决议》和法捷耶夫的文章，都是联共党在处理文艺问题上的重要历史文献。

《向列宁学习工作方法》　克鲁普斯卡娅著　七五〇〇元

著者在序言中说："每个党员，每个共产主义青年团团员，每个苏维埃工作人员，不管他是在哪一领域工作，都须得详细地来研究列宁的工作方法，这一研究就会武装他，帮助他提高自己的工作质量，提高他在其中工作的那一组织的工作质量。"

《论赵树理的创作》　郭沫若等著　四〇〇〇元

（《晋察冀日报》1948年2月23日）

《文摘》创刊号出版了

本期要目

晋察冀文摘社编
晋察冀新华书店出版
本期定价：四五〇〇元

（《晋察冀日报》1948年3月6日）

《文摘》第二期要目

晋察冀文献社编
晋察冀新华书店发行

（《晋察冀日报》1948年4月7日）

附录四

各类演出广告

人民剧院首次公演历史名剧全本《李自成》

写明末农民起义	还历史本来面目
李闯王在关中揭竿起义	是崇祯皇帝荼毒人民的亡国史
多尔衮窥中原异族称雄	是农民群众反对封建的斗争史
陈圆圆入宫廷歌舞升平	是闯王自成拯民水火的攻略史
吴三桂请清兵引狼入室	是大顺诸将歌舞升平的失败史

胡少安、刘流、高吟秋领衔主演

宣化剧院全体演员合演

日期：十一月十六日起（每日两场）

时间：上午十二时、下午六时

票价：边币卅元

招待茶水，不另收费。

请早光临，对号入座。

（《晋察冀日报》1945年11月16日）

纪念“一二·九”各大中学剧团联合公演

主演节目：

联大——《血染“一二·九”》

农校——《高树勋将军起义》

女中——《李甲长》

时间：十二月十五日下午五时

地址：人民剧院

票价：边币三十元

售票：十四日开始

以上节目，皆系首次公演时，颇得观众好评者，希各界人士切勿错过良机。

再所有收入票价，除一切必要开销外全数送往前线慰劳子弟兵。

（《晋察冀日报》1945 年 12 月 14 日）

为支援前线火光剧团特组织新剧晚会

节目：

（一）《五个鸡蛋》（独幕小调剧）

（二）《王瑞堂》（三幕话剧）

时间：十二月廿四、廿五、廿六连演三日（每日下午六点）

地点：张家口市立剧场

票价：每张边币二十元（军民一律）

注：票价收入除必用开支外全数送交前线慰劳八路军。

（《晋察冀日报》1945 年 12 月 23 日）

今天：人民剧院公演六幕二十场
新型歌剧《白毛女》

旧社会把人变成“鬼”，新社会把“鬼”变成人。

时间：每日下午五时半

元旦日起每天一场

华北文工团、抗敌剧社联合演出

票价：边币三十元

一、二、三、四日招待部队，五日起开始售票。

（《晋察冀日报》1946 年 1 月 1 日）

人民剧院今日开演《子弟兵和老百姓》

楚克

【新华社晋察冀总分社二十四日讯】抗敌剧社经过一礼拜之排演，于本月二十五日在人民剧院上演《子弟兵和老百姓》。该剧创作于一九四三年冬，反映日寇疯狂残酷“扫荡”我晋察冀边区，由于我全区子弟兵和老百姓团结一致，终于将进攻边区之敌寇彻底击溃。该剧曾在边区内地多次上演，颇得观众之好评。正当张市开展拥政爱民拥军优抗运动之际，抗敌剧社演出该剧，是十分切合时宜的。该剧三幕五场，军民一律卖票。

（《晋察冀日报》1946 年 1 月 25 日）

1946年2月6—9日新新戏院演出广告

张家口北市场

坤伶须生泰斗魏少宸、铜锤花面王斌才、坤伶花旦魏少云、名伶小生张世孝、名伶青衣张元秋、坤伶老旦马韵甫

顾荣常、张金元、计全禄、王幼亭、张奎斌、关玉峰、杨丽清、殷元和、王桂芬、薛盛忠、田起朋、李金和、张笑云、李砚云、王宝月、田少朋、李虎臣、李艳秋

二月六日

早场：《挑滑车》（代《下战书》），《扫松》《古城会》

晚场：《群英会》（代《借东风》，当场舞剑），《母女会》《骂殿》

二月七日

早场：《甘露寺》（前乔玄，后鲁肃），《红桃山》《苏三起解》

晚场：《击鼓骂曹》头二本，《吊金龟》《虹霓关》

二月八日

早场：《御碑亭》（《金榜乐》《大团圆》），《徐母骂曹》《艳阳楼》

晚场：《四进士》（《节义廉明》），《宇宙锋》《长寿星》

二月九日

早场：《打渔杀家》（代《劫法场》），《六月雪》《辕门射戟》

晚场：《失街亭》（《坐帐》《斩谡》），《行路训子》《写状三拉》

（《晋察冀日报》1946年2月4日）

延安木刻展览会广告

地点：本市民众教育馆

日期：旧历年初四至初五

华北联合大学文艺学院主催

（《晋察冀日报》1946年2月5日）

恭贺新禧——庆丰大戏院演出广告

张家口怡安街

皮黄花衫高吟秋、评剧花衫花淑兰

董兰芳、赵丽蓉、筱佩秋、姚云铃、殷金振、陈世鼎、骆少翔、王双玉、马玉红、骆连翔、筱月楼、何金海、崔万春、焦鸣蓉、刘吟梅、赵艳蓉、吴素屏、茹小惠、张耀文

每日早晚准演吉祥新戏

全体文武演员现正赶排三本《水浒·梁山泊》（血溅鸳鸯楼，大闹飞云堡，醉打蒋门神，大闹快活林，武松打猛虎，强迫潘金莲）

（《晋察冀日报》1946年2月6日）

1946年2月7日群众游艺社演出广告

张家口怡安街

艺曲联合会全体艺员

早晚露演什样杂耍

解放大鼓、复仇大鼓、时事大鼓、新颖歌曲、梨花大鼓、京韵大鼓、梅花大鼓、西皮二黄、对口相声、文武双簧、彩唱八角鼓、文明

单弦、新奇魔术、莲花落

（《晋察冀日报》1946年2月7日）

1946年2月8—10日同德戏院演出广告

张家口南营坊

现由新新戏院移回，为适应春节欢迎观众，绝演拿手佳剧

郭兰英、董士元、懿莲春、牛桂英、白翠香、金铃黑、一千红、杨万顺、胡德云、李荣、陈胜忠、白牡丹、金金奎、郭美英、懿兰花、金玉凤、张玉英、富艳芳、南定银、田月楼、侯胜忠、先呼丑、金友山、张万云

二月八日

早场：《双巧配》《金雁桥》《扫雪》《舍子》

晚场：《凤仪亭》《龙虎斗》《战马超》《机房训》

二月九日

早场：《富贵图》《三岔口》《南天门》《汾河湾》

晚场：《东皇庄》《鸡架山》《少华山》《芦花》

二月十日

早场：《火焰驹》《清风寨》《双锁山》《金水桥》

晚场：《刘公案》《七星庙》《斩黄袍》

（《晋察冀日报》1946年2月8日）

1946年2月9日新华电影院演出广告

刘玉婵、刘宝山、刘仙梅、七百红、白玉英、刘玉山、金玉梅、筱金兰、狮子黑、张桂莲

早场:《金沙滩》《龙戏凤》《二度梅》

晚场:全本《云磊山》,《走雪山》

(《晋察冀日报》1946年2月9日)

1946年2月10日新新戏院演出广告

张家口北市场

早场:《哭灵牌》(《火烧七百里》,准代《连营寨》),《胭脂虎》《梅龙镇》

晚场:《马义救主》(准代《滚钉板》),《武文华》《望儿楼》

(《晋察冀日报》1946年2月9日)

1946年2月10—11日新华电影院演出广告

二月十日

早场:全本《串龙珠》,《断桥》《赶子》

晚场:第一本《刺张飞》,《灯下会》《万佛衣》

二月十一日

早场：全本《大报仇》，《桑园会》《双头驴》

晚场：《伐东吴》《万花船》

（《晋察冀日报》1946年2月10日）

1946年2月11—12日新新戏院演出广告

张家口北市场

十一日

早场：拿手佳剧《坐楼杀惜》《宇宙锋》《吊金龟》

晚场：《辕门斩子》《别皇宫》《杨家将》

十二日

早场：戍名杰作《黄鹤楼》《宝莲灯》《斩窦娥》

晚场：《八大锤》（《王佐断臂》，准代《说书》），《玉堂春》《花蝴蝶》

（《晋察冀日报》1946年2月11日）

1946年2月11—12日同德戏院演出广告

张家口南营坊

十一日

早场：《万花船》《打堂》《芦花》《祭江》《忠保国》

晚场：《八义图》《花亭会》《双守节》《白蛇传》

十二日

早场：《卖人鱼》《宝莲灯》《化金钗》《牧羊卷》

晚场：《蝴蝶杯》《白袍救主》《血手印》《清风亭》

（《晋察冀日报》1946年2月11日）

1946年2月11—12日新华电影院演出广告

二月十一日

早场：全本《大报仇》，《桑园会》《双头驴》

晚场：《伐东吴》《万花船》

二月十二日

早场：全本《红霞关》，《凤鸣关》《莲花庵》

晚场：《坐楼杀惜》《光武兴》《女起解》《牧羊卷》

（《晋察冀日报》1946年2月11日）

1946年2月13日新新戏院演出广告

张家口北市场

早场：《朱痕记》（《阖家团圆》），《嘉兴府》《汾河湾》

晚场：《白蟒台》（驰名佳剧），《花田错》《药茶计》

（《晋察冀日报》1946年2月12日）

1946年2月13日新华电影院演出广告

早场：全本《鲛绡帕》，《坐窑》《龙戏凤》

晚场：全本《困雪山》，《黄逼宫》《双官诰》《女写状》

（《晋察冀日报》1946年2月12日）

1946年2月13—14日同德戏院演出广告

张家口南营坊

十三日

早场：《算粮登殿》《杀府》《永灵庵》《幽界关》《阴魂阵》

晚场：全本《法门寺》，《香山》《二度梅》

十四日

早场：《串龙珠》《教子》《迎亲》《百花亭》

晚场：《英杰烈》《塔祭》《三疑计》《女写状》《三上轿》

（《晋察冀日报》1946年2月13日）

1946年2月14日新华电影院演出广告

早场：全本《黄沙岭》，《永寿庵》《化金钗》

晚场：全本《六月雪》，《算粮登殿》

（《晋察冀日报》1946年2月13日）

1946年2月14日新新戏院演出广告

张家口北市场

早场：《马蹄金》（特别拿手），《焰火棍》《九龙杯》《母女会》

晚场：《法门寺》（《拾玉镯》起，准代《大审》），《摩天岭》《水帘洞》《鱼肠剑》

（《晋察冀日报》1946年2月13日）

人民剧院再度公演新型歌剧六幕廿场《白毛女》

延安鲁迅文艺学院集体创作

华北联大文艺工作团演出

（晋察冀边区的民间传奇）

旧社会把人逼成“鬼”，新社会把“鬼”变成人

二月十五日起连日上演，每天一场，下午六时开场

十六、十七两日加演日场，日场时间上午十二时开场

票价：一律边币六十元

各机关团体个人恕不赠票

欢迎市民群众买票

（《晋察冀日报》1946年2月14日）

1946年2月15日新新戏院演出广告

张家口北市场

早场：《洪洋洞》（准代《盗骨》），《鸿鸾禧》《兴梁山》《武家坡》

晚场：《琼林宴》（《问樵》《闹府》《打棍》《出箱》），《拾黄金》《四杰村》《骂殿》

（《晋察冀日报》1946年2月14日）

1946年2月15日同德戏院演出广告

张家口南营坊

早场：《梅绛雪》《赶三山》《龙戏凤》《骂殿》《马蹄金》

晚场：《下江南》《汲水》《杀驿》《下南唐》

（《晋察冀日报》1946年2月14日）

1946年2月15日新华电影院演出广告

早场：全本《回荆州》，《明公断》

晚场：全本《凤仪亭》，《三击掌》《请太公》

（《晋察冀日报》1946年2月14日）

1946年2月16日新新戏院演出广告

张家口北市场

早场：《机房训》《宇宙锋》《黄一刀》《天齐庙》

晚场：《一捧雪》（前部莫成，后部陆炳；《审头刺汤》），《望儿楼》《大八蜡庙》

（《晋察冀日报》1946年2月15日）

1946年2月16日同德戏院演出广告

张家口南营坊

早场：《松棚会》《换花》《收秦明》《汴梁图》《子母炮》

晚场：《八件衣》《春秋配》《三岔口》《七星庙》《乾坤带》

（《晋察冀日报》1946年2月15日）

1946年2月16日新华电影院演出广告

早场：全本《坐城桥》，《错斩鲁郑恩》《双锁山》《忠保国》《错中错》

晚场：全本《八义图》，《子母炮》《小放牛》

（《晋察冀日报》1946年2月15日）

1946年2月17日新新戏院演出广告

张家口北市场

早场：《定军山》（准代《阳平关》），《辞庙》《奇双会》《六月雪》
晚场：《白蟒台》《射戟》《游龙戏凤》《吊金龟》

（《晋察冀日报》1946年2月16日）

1946年2月17日同德戏院演出广告

张家口南营坊

早场：《明公断》《怀都关》《辛安驿》《女忠孝》
晚场：全本《金沙滩》，《洪洞县》《游花园》《换花》

（《晋察冀日报》1946年2月16日）

1946年2月17日新华电影院演出广告

早场：全本《对银杯》，《少华山》《斩郑文》
晚场：全本《五岳图》，《拾玉镯》《骂殿》

（《晋察冀日报》1946年2月16日）

1946年2月18日同德戏院演出广告

张家口南营坊

早场：《鲛绡帕》《清风寨》《破洪州》《盘山》

晚场：《东皇庄》《杀狗》《梅花洞》《打金枝》

（《晋察冀日报》1946年2月17日）

1946年2月18日新华电影院演出广告

早场：《芦花记》《三疑计》《过巴州》《藏舟》

晚场：全本《琥珀珠》，《金水桥》《射戟》

（《晋察冀日报》1946年2月17日）

张家口市立电影院《大路》演出广告

《大路》

主演：刘继群、韩兰根、陈燕燕、黎莉莉、刘琼

每日两场（一点至四点、六点至九点），同时加演新奇魔术

票价：大人八十元，军人、小孩四十元

地址：南市场

电话：二四六五

（《晋察冀日报》1946年2月18日）

1946年2月18—19日庆丰大戏院演出广告

张家口怡安街

每日早晚准演新戏

十八日

早场：《大溪皇庄》，加演时调、大鼓、河南坠子、改良双簧

十九日

早场：《大战宛城》（马踏青苗，割发代首，盗戟刺婶）

由十八日晚起开演第三本《水浒·梁山泊》，新排新剧，新开生面，新彩新砌，新漆布景，焕然一新，前较不同。

（《晋察冀日报》1946年2月18日）

1946年2月18—19日新新戏院演出广告

张家口北市场

十八日

早场：《黄金台》（准代《盘关》），《虹霓关》《古城会》

晚场：《失街亭》（《坐帐》《斩谡》），《赵家楼》《龙戏凤》

十九日

早场：《南阳关》《霸王庄》《铁弓缘》

晚场：民众特烦《借东风》（佳座无多，请驾早临），《神亭岭》《女

起解》

（《晋察冀日报》1946年2月18日）

1946年2月19日同德戏院演出广告

张家口南营坊

早场：《忠保国》《战马超》《双官诰》《同恶报》《红梅阁》

晚场：《列女传》《金雁桥》《祭江》《跑楼》

（《晋察冀日报》1946年2月18日）

1946年2月19日新华电影院演出广告

早场：全本《天台山》，《南天门》《打金枝》

晚场：全本《梅绛雪》，《破洪州》《献地图》

（《晋察冀日报》1946年2月18日）

1946年2月20—21日新新戏院演出广告

张家口北市场

二十日

早场:《捉放曹》《战冀州》《宝莲灯》
晚场:《击鼓骂曹》《艳阳楼》《玉堂春》
廿一日
早场:《王宝钏》《吊金龟》《挑滑车》
晚场:《四进士》《擒张任》《指鹿为马》

(《晋察冀日报》1946年2月20日)

1946年2月20—21日同德戏院演出广告

张家口南营坊

二十日
早场:《天门阵》《白水滩》《双守节》《双头驴》《南天门》
晚场:《锔碗丁》《十八年》《金水桥》《击掌》
廿一日
早场:《黄犬救主》《界牌关》《赐连环》《龙戏凤》《女写状》
晚场:全本《六月雪》,《白水滩》《投县》《定军山》

(《晋察冀日报》1946年2月20日)

1946年2月20—21日新华电影院演出广告

二月二十日
早场:全本《串龙珠》,《五台山》《双吊孝》
晚场:全本《玉虎坠》,《赐环》《天水关》
二月廿一日
早场:《甘露寺》《汾河湾》《万佛衣》

晚场：全本《火焰驹》，《铁弓缘》《骂阎》

（《晋察冀日报》1946年2月20日）

1946年2月22—23日新新戏院演出广告

张家口北市场

廿二日

早场：《四杰村》《遇后》《骂殿》

晚场：《戒毒强国》（《枪毙白面犯》），《射戟》《嘉兴府》《行路》

廿三日

早场：《打渔杀家》（准代《劫法场》）

晚场：《苏州城》《望儿楼》

（《晋察冀日报》1946年2月22日）

1946年2月22日新新戏院紧急启事

魏少宸因排新戏，临时请假，诸君原谅。本院全体特请刘流同志编导驰名历史佳剧全部《李自成》，现正日夜赴排，观众注意演期。

（《晋察冀日报》1946年2月22日）

1946年2月22—23日同德戏院演出广告

张家口南营坊

廿二日

早场：《贫女泪》《鄚州庙》《杀府》《庆顶珠》《二度梅》

晚场：全本《大溪黄庄》（文武代打，山西小曲），《七星庙》《走雪山》《龙虎关》《少华山》《机房训》

廿三日

早场：《宰子》《杀妻》《秦始皇》《牧虎关》《戏叔》《牧羊卷》

晚场：《女贞血》《捡柴》《塔子沟》《芦花记》

（《晋察冀日报》1946年2月22日）

1946年2月22—23日新华电影院演出广告

二月廿二日

早场：全本《美人图》，《白蛇传》《朱家坟》

晚场：全本《双巧配》，《合凤裙》《南阳关》

二月廿三日

早场：全本《鲛绡帕》，《取西川》《大登殿》

晚场：全本《金沙滩》，《祭江》《罗章跪楼》

（《晋察冀日报》1946年2月22日）

1946年2月24日庆丰大戏院演出广告

张家口怡安街

早场：《旧婚》（男女平等，生活独立，改造一切旧式婚姻）

今晚开演第三本《水浒》，新排新演，新创形式，新彩新砌，新添景致。

（《晋察冀日报》1946年2月24日）

1946年2月24—25日新华电影院演出广告

二月廿四日

早场：《忠保国》《女起解》《化金钗》《富贵图》

晚场：《辕门斩子》《八件衣》《采韩其》《换花》

二月廿五日

早场：《失街亭》《忠孝义》《清风亭》《女写状》

晚场：全本《松棚会》，《双锁山》《骂殿》

（《晋察冀日报》1946年2月24日）

1946年2月24日同德戏院演出广告

张家口南营坊

早场：《凤仪亭》《香山》《过山》《反西凉》《舍子》

晚场：《双巧配》《宋喜朋》《化金钗》《取洛阳》《断桥亭》

（《晋察冀日报》1946年2月24日）

1946年2月25日庆丰大戏院演出广告

张家口怡安街

早场：《大花为媒》（张五可□争李月娥），《大连环套》（窦二敦盗御马，朱光祖盗双钩）

今晚开演第三本《水浒》，新排新演，新创形式，新彩新砌，新添景致。

（《晋察冀日报》1946年2月25日）

庆丰大戏院第四本《水浒·梁山泊》演出预告

张家口怡安街

预告

全体坤名演员昼夜赶排，民众表扬新剧。

第四本《水浒·梁山泊》

宋江发配到了江州，酒馆题诗起下祸由。
李逵夺鱼怒打张顺，装疯吃屎公堂被囚。
群雄开会大劫法场，清风镇上燕顺会友。
公明思意夜游鳌山，忍让受刑花知寨中。
小花荣大闹清风镇，三义士团结抢囚车。
彩画惊奇浩大布景，新颖绝妙场场不同。

加紧工作筹备一切，务请顾客捷足先登。

征求观众多提意见，指导不够感谢欢迎。

星期四晚，首次开幕。

（《晋察冀日报》1946年2月25日）

1946年2月25日新新戏院演出广告

张家口北市场

早场：《大长坂坡》

晚场：民众特烦《日寇离张记》

（《晋察冀日报》1946年2月25日）

1946年2月25日新新戏院紧急启事

魏少宸二十六日早晚一准登台表演。本院全体特请刘流同志编导驰名历史佳剧全部《李自成》，现正日夜赶排，观众注意演期。

（《晋察冀日报》1946年2月25日）

1946年2月25—26日同德戏院演出广告

张家口南营坊

廿五日

早场：前部《诸葛亮招亲》，《空城计》《迎亲》《子寻炮》《杀狗》

晚场：后部《诸葛亮招亲》，《吃食》《杀四门》《祭江》《血手印》

廿六日

早场：《刘公案》《花亭》《斩黄袍》

晚场：《火焰驹》《柴桑关》《高三上坟》《双锁山》《金水桥》

（《晋察冀日报》1946年2月25日）

1946年2月26—27日新华电影院演出广告

二月廿六日

早场：《哭灵堂》《土祖庙》《捡柴》《双头驴》

晚场：全本《卖人鱼》，《花亭》

二月廿七日

早场：《烈女传》《金水桥》《教子》《拾玉镯》

晚场：全本《蝴蝶杯》，《马蹄金》《破洪州》

（《晋察冀日报》1946年2月26日）

1946年2月26日庆丰大戏院演出广告

张家口怡安街

早场：《大战金钱豹》《枪毙杨小脚》

今晚开演第三本《水浒》，新排新演，新创形式，新彩新砌，新添景致。

（《晋察冀日报》1946年2月26日）

1946年2月26—27日新新戏院演出广告

张家口北市场

二十六日

早场：《甘露寺》（魏伶前，乔玄后，鲁肃代，回荆州）

晚场：《新纺棉花》（维新评戏，京韵大鼓，自拉自唱，皮黄歌曲，铁片大鼓），《绿牡丹》《贵妃醉酒》

二十七日

早场：《三国志》（《黄鹤楼》《水战》《三江口》，代《芦花荡》《三气周瑜》）

晚场：《浔阳楼》（首次公演，新添布景），《刘唐下书》《坐楼杀惜》《宋江吃屎》《李逵夺鱼》，准代《法场》

（《晋察冀日报》1946年2月26日）

1946年2月26日新新戏院紧急启事

观众注意　欢迎观众

魏少宸特演两大佳剧

串演《新纺棉花》，准于廿六日（星期二），晚场准演，本院特请王文川登台助演。

全部《浔阳楼》，准于廿七日（星期三），晚场准演（《宋江吃屎》《李逵夺鱼》，新添布景）。

概不加价。

全体特请刘流同志编导全部历史佳剧《李自成》，现正日夜赶排，观众注意演期。

（《晋察冀日报》1946年2月26日）

1946年2月26—27日同德戏院演出广告

张家口南营坊

廿六日

早场：《刘公案》《花亭》《斩黄袍》

晚场：《火焰驹》《柴桑关》《高三上坟》《双锁山》《金水桥》

廿七日

早场：《富贵图》《汴梁图》《汾河湾》《怀都关》《戏凤》

晚场：《万花船》《忠保国》《三疑计》《收秦明》

（《晋察冀日报》1946年2月26日）

1946年2月27—28日新华电影院演出广告

二月廿七日

早场：《烈女传》《金水桥》《教子》《拾玉镯》

晚场：全本《蝴蝶杯》，《马蹄金》《破洪州》

二月廿八日

早场：全本《回荆州》，《坐楼》《二度梅》

晚场：全本《天台山》，《对银杯》《错中错》

（《晋察冀日报》1946年2月27日）

1946年2月27日庆丰大戏院演出广告

张家口怡安街

早场：评剧《河边姻缘》，全武行《大招贤镇》（巧拿费德功）

今晚开演第三本《水浒》，新排新演，新创形式，新彩新砌，新添景致。

（《晋察冀日报》1946年2月27日）

1946年2月28日—3月1日新华电影院演出广告

二月廿八日

早场：全本《回荆州》，《坐楼》《二度梅》

晚场：全本《天台山》，《对银杯》《错中错》

三月一日

早场：《双守节》《龙戏凤》《射戟》《满床笏》

晚场：全本《万花船》，《子母炮》《取成都》

（《晋察冀日报》1946年2月28日）

1946年2月28日张家口剧场演出广告

解放大街北头路东

公映幻灯影片：《中共领袖及十八集团军将领介绍》《刘小眼大翻身》《狼牙山五壮士》《毛主席的故事》《苏联生活集锦》《日寇暴行》《直捣欧陆》

加映精彩电影短片三大本

每日两场（二时至四时、六时至八时）

票价：一律边币四十元

（《晋察冀日报》1946年2月28日）

1946年2月28日庆丰大戏院演出广告

张家口怡安街

早场：全部《汉寿亭侯》（《困曹营十二年》《失徐州》《夺下邳》《屯土山》《约三事》《赐锦袍》《赠赤兔》《斩颜良》《诛文丑》）

今晚开演第四本《水浒》，一本比一本彩砌鲜明，精奇绝妙，本本各有不同。

（《晋察冀日报》1946年2月28日）

1946年2月28日—3月1日新新戏院演出广告

张家口北市场

二十八日

早场：《八大锤》（《朱仙镇》《车轮大战》《王佐断臂》，代《说书》）

晚场：首次公演，新添布景《浔阳楼》（《刘唐下书》《坐楼杀惜》《宋江吃屎》《李逵夺鱼》，准代《法场》）

三月一日

早场：《大溪皇庄》（每角双出，魏少宸唱评戏），《游龙戏凤》，相声，滑稽，双簧

晚场：首次公演，新添布景《浔阳楼》（《刘唐下书》《坐楼杀惜》《宋江吃屎》《李逵夺鱼》，准代《法场》）

（《晋察冀日报》1946年2月28日）

1946年2月28日—3月1日同德戏院演出广告

张家口南营坊

廿八日

早场：《八义图》《三岔口》《藏舟》《游花园》

晚场：《赶天书》《看兵书》《七星庙》《斩子》《三上轿》

三月一日

早场：前部《卖人鱼》，《南天门》《破洪州》《赶三山》《宝莲灯》

晚场：后部《蝴蝶杯》，《清风亭》《花蝴蝶》《女起解》

（《晋察冀日报》1946年2月28日）

1946年3月1日市立电影院演出广告

《莫斯科直捣柏林》

实地摄影，战争巨片，只演数日，请早光顾。

苏联从军记者团制，普通日开演二场，周六日开演三场。

斯大林阅兵、反攻柏林城、苏德大会战、冲进德国境、科学大巷战、德呈投降书、苏联获胜果。

下期预告：《王先生与二房东》

主演：汤杰、仓隐秋、殷秀岑

（《晋察冀日报》1946年3月1日）

1946年3月1—2日新华电影院演出广告

三月一日

早场：《双守节》《龙戏凤》《射戟》《满床笏》

晚场：全本《万花船》，《子母炮》《取成都》

三月二日

早场：全本《黄沙岭》，《五台山》《坐窑》

晚场：全本《六月雪》，《杀府》《下河东》

（《晋察冀日报》1946年3月1日）

1946年3月1日庆丰大戏院演出广告

张家口怡安街

早场：全部《汉寿亭侯》（《挂印封金》《护嫂寻兄》《灞桥挑袍》《过五关斩六将》）

今晚开演第四本《水浒·梁山泊》，群众逛鳌山反串小车会。

（《晋察冀日报》1946年3月1日）

人民剧院、市立电影院同时放映《从莫斯科直捣柏林》

苏联从军记者团摄制

实地摄影战争巨片！

斯大林红场阅兵，人山人海。

法西斯柏林溃败，炮火连天。

要了解苏联国防阵容者，不得不看！

要瞻仰苏联人民领袖者，不得不看！

要学习红军战斗作风者，不得不看！

要知道苏联士兵生活者，不得不看！

要目睹纳粹如何溃败者，不得不看！

要明了苏联如何胜利者，不得不看！

三月二日开始，只演六天！

为同时照顾军民：市立电影院专招待市民群众，每日两场（下午二时、六时），星期六、日加演早场（十一点），票价一百元。人民剧院专招待部队机关，每日三场（十二时，下午三时、七时），一律半价五十元。

人民剧院：解放桥头，电话：二五一二

市立电影院：南市场，电话：二四六五

（《晋察冀日报》1946 年 3 月 2 日）

1946 年 3 月 2 日庆丰大戏院演出广告

张家口怡安街

早场：全部《汉寿亭侯》（《斩蔡阳》《古城会》《训张飞》《大团圆》）

今晚开演第四本《水浒 · 梁山泊》，群众逛鳌山反串小车会。

预告

本院新排伟大历史名剧本市初演全部《洪宣娇》。

太平天国兴亡史，革命斗争女战士。

择吉公演。

（《晋察冀日报》1946 年 3 月 2 日）

1946 年 3 月 2—3 日新新戏院演出广告

张家口北市场

三月二日

早场：《辕门斩子》《霸王庄》《铁弓缘》

晚场：全本《马义救主》（准代《滚钉板》），《大三岔口》《贵妃醉酒》

三月三日

早场：《打渔杀家》《赶三关》《吊金龟》

晚场：《失街亭》（《坐帐》《斩谡》），《雪杯缘》《红桃山》

（《晋察冀日报》1946年3月2日）

1946年3月2—3日同德戏院演出广告

张家口南营坊

三月二日

早场：《算粮登殿》《莲花湖》《骂殿》《女写状》《辛安驿》

晚场：《英杰烈》《打堂》《坐窑》《三疑计》

三月三日

早场：全本《下江南》，《阴魂阵》《杀驿》《汲水》

晚场：全本《梅绛雪》，《马蹄金》《双吊孝》《神亭岭》《看兵书》

（《晋察冀日报》1946年3月2日）

1946年3月2—3日新华电影院演出广告

三月二日

早场：全本《黄沙岭》，《五台山》《坐窑》

晚场：全本《六月雪》，《杀府》《下河东》

三月三日

早场：《刺张飞》《芦花记》《万佛衣》

晚场：全本《凤仪亭》，《斩子》

（《晋察冀日报》1946年3月2日）

1946年3月3日庆丰大戏院演出广告

张家口怡安街

早场：全部《汉寿亭侯》（《马失蹄》《射盔缨》《斩韩玄》《收黄忠》）

今晚开演第四本《水浒·梁山泊》，一本较比一本彩砌鲜明，精奇绝妙之点场场不同。

（《晋察冀日报》1946年3月3日）

1946年3月4日庆丰大戏院演出广告

张家口怡安街

早场：全部《汉寿亭侯》（刘关张三英战吕布，大筵前温酒斩华雄）

今晚开演第四本《水浒·梁山泊》，一本较比一本彩砌鲜明，精奇绝妙之点场场不同。

（《晋察冀日报》1946年3月4日）

1946年3月4—5日新新戏院演出广告

张家口北市场

三月四日

早场：《定军山》《女起解》《焰火棍》

晚场：全部《四进士》（《节义廉明》），《宇宙锋》《白水滩》

三月五日

早场：《南阳关》《八蜡庙》《武家坡》

晚场：《一捧雪》（前莫成，后陆炳，代《审头刺汤》），《哭灵》《聚宝盆》

（《晋察冀日报》1946年3月4日）

1946年3月4—5日同德戏院演出广告

张家口南营坊

三月四日

早场：《战冀州》《教子》《查关》《百花亭》

晚场：全本《拾玉镯》（准代《法门寺》），全本《串龙珠》

三月五日

早场：全本《八件衣》，《祭江》《收关胜》《梅花洞》《断桥》

晚场：《松棚会》《花亭》《三岔口》《汴梁图》《子母炮》

（《晋察冀日报》1946年3月4日）

1946年3月4日新华电影院演出广告

早场：全本《梅绛雪》，《捎书》《献地图》

晚场：全本《玉虎坠》，《女忠孝》《甘露寺》

（《晋察冀日报》1946年3月4日）

1946年3月5日庆丰大戏院演出广告

张家口怡安街

早场：全部《单骑救主》（张飞大喝当阳桥，关公夜战汉津口）

今晚开演第四本《水浒·梁山泊》，一本较比一本彩砌鲜明，精奇绝妙之点场场不同。

（《晋察冀日报》1946年3月5日）

1946年3月5日新华电影院演出广告

早场：全本《火焰驹》，《祭江》《斩郑文》

晚场：全本《坐城桥》，《少华山》《八件衣》《八百年》

（《晋察冀日报》1946年3月5日）

1946年3月6日庆丰大戏院演出广告

张家口怡安街

早场：全部《汉寿亭侯》（讨要荆州，单刀赴会）

今晚开演第四本《水浒·梁山泊》，一本较比一本彩砌鲜明，精奇绝妙之点场场不同。

（《晋察冀日报》1946年3月6日）

1946年3月6日新新戏院演出广告

张家口北市场

早场：《金榜乐》（准代《大团圆》），《鸿鸾禧》《艳阳楼》

晚场：《王宝钏》（《武家坡》起，《大登殿》止），《平贵别窑》《挑滑车》（代《下战书》）

新戏预告

最近排出历史佳剧《花木兰从军》，庆祝妇女节，三月八日，早晚准演。

连日赶排伟大名剧《李自成》，观众注意，延期公演。

（《晋察冀日报》1946年3月6日）

1946年3月6—7日同德戏院演出广告

张家口南营坊

三月六日

早场：《金沙滩》《永寿庵》《游花园》《洪洞县》

晚场：《鲛绡帕》《盘山》《破洪州》《清风寨》

三月七日

早场：《明公断》《祭塔》《怀都关》《七星庙》《女忠孝》

晚场：《东皇庄》（准代秧歌），《杀狗》《坐楼》《打金枝》

（《晋察冀日报》1946年3月6日）

1946年3月6日新华电影院演出广告

早场：《南阳关》《南天门》，全本《双巧配》

晚场：全本《金沙滩》，《击掌》《红霞关》

（《晋察冀日报》1946年3月6日）

1946年3月7—8日宣化戏剧院演出广告

宣化城内市场中心

由京礼聘名伶青年武生长靠短打兼演猴戏姜铁麟、武二花脸白金

城、勇猛武生王德禄、叶派武丑萧鸣萱

张昆、方瑞山、谭世秀、张世杰、张小五、松文明

三月七日

早场：《伐子都》

晚场：《金钱豹》

三月八日

早场：《余千救主》（《四杰村》）

晚场：《花果山》（《水帘洞》）

超等坤伶青衣花衫杨丽秋、青年名伶文武须生胡少安、青年名伶勇猛武生周云楼、赵永茹、周艳铭、赵燕林、一斗丑、赵西林、张福元

全体演员每日参加助演，每日公演拿手佳剧，现正赶排全部《水浒传》。

票价平民花六十元。

紧要启事：本院由京特聘青年名伶武生泰斗长靠短打兼演猴戏姜铁麟一行十余名及本院演员，自三月七日起演唱每日改排旧剧创作新剧，酬答观众。

宣化戏剧院启

（《晋察冀日报》1946 年 3 月 7 日）

1946 年 3 月 7 日庆丰大戏院演出广告

张家口怡安街

早场：全部《汉寿亭侯》（大帐睹头舍命交令，华容小道义释曹操）

今晚开演第四本《水浒·梁山泊》，一本较比一本彩砌鲜明，精奇绝妙之点场场不同。

纪念三八国际妇女节优待，明晚女界同胞妇女减收半价，快看新本戏，幸勿失良机。新排初演全部《洪宣娇》，太平天国兴亡史，革命斗争女战士，有鲜明异样服装，有英雄豪杰先声，三八节日晚场公演。

（《晋察冀日报》1946 年 3 月 7 日）

1946 年 3 月 7 日新新戏院演出广告

张家口北市场

早场：《战猇亭》（《哭灵牌》起《火烧八百里》），《天堂县》《太君辞朝》
晚场：《借东风》（《群英大会》《蒋干盗书》《苦肉打盖》《南屏借风》），《花蝴蝶》《梅龙镇》

新戏预告

最近排出历史佳剧《花木兰从军》，庆祝妇女节，三月八日，早晚准演。

连日赶排伟大名剧《李自成》，观众注意，延期公演。

（《晋察冀日报》1946 年 3 月 7 日）

1946年3月7日新华电影院演出广告

早场：《忠保国》《同恶报》《朱家坟》《富贵图》

晚场：全本《串龙珠》，《走边》《永寿庵》《汾河湾》

（《晋察冀日报》1946年3月7日）

人民剧院上演轰动延安苏联名片《女战士》

献给三八妇女节！

女主角杜娅·彼得洛娃是苏联最受群众欢迎的女演员阿洛娃领衔主演。

全新拷贝，中文说明。

莫斯科中央摄影厂摄制。

《女战士》刻画了苏联妇女勇敢机警的对敌斗争，

《女战士》描绘出苏联人民坚强不屈的伟大气节。

三八节晚场本院暨电影科招待妇女界（白天停演），三月九日正式公演，每天两场，时间分五点、七点，星期日为加演中午一点钟一场，星期六、日加演早场。

票价：部队机关五十元，市民群众七十元。

（《晋察冀日报》1946年3月8日）

1946年3月8—9日宣化戏剧院演出广告

宣化城内市场中心

三月八日

早场：《余千救主》（《四杰村》）

晚场：《花果山》（《水帘洞》）

三月九日

早场：《盘场大战》

晚场：《大闹嘉兴府》

（《晋察冀日报》1946年3月8日）

1946年3月8日庆丰大戏院演出广告

张家口怡安街

早场：《枪毙杨小脚》

来函特烦，情不可却。

最末一次，不再重演，务请观众，快来看看。

今晚开演全部《洪宣娇》

新颖绝妙，浩大布景，辉煌灿烂，异样服装。

纪念三八国际妇女节优待，今晚女界同胞妇女减收半价。

快看新本戏，幸勿失良机。

新排初演全部《洪宣娇》

太平天国兴亡史，革命斗争女战士。

有鲜明异样服装，有英雄豪杰先声。

三八节日晚场公演。

（《晋察冀日报》1946年3月8日）

1946年3月8日新新戏院演出广告

张家口北市场

早场两场伟大名剧《花木兰从军》

新戏预告

最近排出历史佳剧《花木兰从军》，庆祝妇女节，三月八日，早晚准演。

连日赶排伟大名剧《李自成》，观众注意，延期公演。

（《晋察冀日报》1946年3月8日）

1946年3月8—9日同德戏院演出广告

张家口南营坊

三月八日

早场：《六月雪》《杀府》《白水滩》《凤鸣关》

晚场：《烈女传》《空城计》《戏凤》《三虎庄》《跪楼》

三月九日

早场：《大溪皇庄》（准代秧歌），《杀府》《李陵碑》《下河东》《少华山》《二度梅》

晚场：全部《贫女泪》，《杀四门》《双官诰》《击掌》

（《晋察冀日报》1946年3月8日）

1946年3月8日新华电影院演出广告

早场：全本《女忠孝》，《忠孝义》《金锁记》

晚场：全本《大登殿》，《黄鹤楼》《清风亭》

（《晋察冀日报》1946年3月8日）

1946年3月9—10日宣化人民影剧院演出广告

山西梆子

赵凤仙、阎三关、马武黑、六善昭、阎凤铃、娃娃生、排长红、赵王舫、范起旺、王艳亭

九日

早场：《坐曹府》，全本《拜寿图》

晚场：《让成都》，头本《刘公案》

十日

早场：《武状元》《白逼宫》《芦花记》

晚场：《五雷阵》，二本《刘公案》

电影

《从莫斯科直捣柏林》

最新运来苏联战争巨片，只演三日！苏联从军记者团摄制，三月九日上演，实地摄影。

（《晋察冀日报》1946年3月9日）

1946年3月9日市立电影院演出广告

今日起上演《王先生与二房东》

主演：仓隐秋、汤杰、殷秀岑

普通日开演一场，星期六、日开演三场。

下期预告：《楚霸王与韩信》

票价：军人四十元、市民八十元

（《晋察冀日报》1946年3月9日）

1946年3月9日庆丰大戏院演出广告

张家口怡安街

早场：全武行《大四平山》

今晚灯下开演全部《洪宣娇》，新颖绝妙，浩大布景，辉煌灿烂，异样服装。

纪念三八国际妇女节，快看新本戏，特排伟大历史名剧《洪宣娇》，太平天国兴亡史，革命斗争女战士，有鲜明异样服装，有英雄豪杰先声。

（《晋察冀日报》1946年3月9日）

1946年3月9日新华电影院演出广告

早场：全本《困雪山》，《三疑计》《合凤裙》
晚场：全本《八义图》，《二度梅》《龙戏凤》

（《晋察冀日报》1946年3月9日）

1946年3月10—11日宣化戏剧院演出广告

宣化城内市场中心

十日
早场：全部《武文华》，《花亭会》《坐宫》《貂蝉》
晚场：《法门寺》（《叩阍》《庙堂》《行路》《大审》），《金钱豹》（群众特烦二次公演），《母女会》《独木关》
十一日
早场：龙铁山《九伐中原》《幽界关》《越虎城》《朱痕记》
晚场：《捉拿康小八》（真刀真枪对三截棍，巧舞大旗，跟斗比赛），《怀都关》《金锁记》《洪洋洞》

（《晋察冀日报》1946年3月10日）

1946年3月10日庆丰大戏院演出广告

张家口怡安街

早场：全武行《杨香五三盗九龙杯》，全部《洪宣娇》（新颖绝妙，浩大布景，辉煌灿烂，异样服装）

（《晋察冀日报》1946年3月10日）

1946年3月10日新新戏院演出广告

张家口北市场

早晚两场伟大名剧《花木兰从军》

佳剧预告

与众不同连排续演一至十本《呼延庆打擂》

头二本剧情内容：番王打战表，呼丕显挂帅，回朝受皇封，御街上跨官，怒打奸庞文，定计献美人，忠良中奸计，庞妃进谗言，三法司会审，当场披皮靠，全家绑法场，血葬肉丘坟

以上十二大节目一次演出，定于十一日晚场准演。内有五音连弹，加演电光布景。

（《晋察冀日报》1946年3月10日）

1946年3月10—11日同德戏院演出广告

张家口南营坊

三月十日

早场：全部《贞女血》，《乌梅驹》《界牌关》《孙夫人》《芦花》

晚场：全部《凤仪亭》，《过山》《反西凉》《舍子》

三月十一日

早场：《忠保国》《宝莲灯》《鄚州庙》《龙戏凤》《司恶报》

晚场：《双巧配》《收秦明》《女写状》《定军山》《会水桥》

（《晋察冀日报》1946年3月10日）

1946年3月10日新华电影院演出广告

早场：全本《乾坤带》，《蝴蝶杯》

晚场：全本《美人图》，《女起解》《芦花记》

（《晋察冀日报》1946年3月10日）

1946年3月11日庆丰大戏院演出广告

张家口怡安街

早场：特烦《大溪皇庄》，文明大鼓，改良双簧，河南坠子，巧变戏

法，全部《洪宣娇》（新颖绝妙，浩大布景，辉煌灿烂，异样服装）

（《晋察冀日报》1946年3月11日）

1946年3月11日新新戏院演出广告

张家口北市场

早场：全体每角双出，《大溪皇庄》《六月雪》《闹江州》《射戟》《汾河湾》

晚场：新排头二本《呼延庆打擂》（与众不同，别开生面）

（《晋察冀日报》1946年3月11日）

1946年3月11日新华电影院演出广告

早场：全本《刘秀出世》，《五台山》《白蛇传》

晚场：《烈女传》《金骂门》《打黄盖》《机房训》

（《晋察冀日报》1946年3月11日）

1946年3月12日庆丰大戏院演出广告

张家口怡安街

早场：来函特烦全部《秋海棠》（戏中代串戏），全部《洪宣娇》

（新颖绝妙，浩大布景，辉煌灿烂，异样服装）

（《晋察冀日报》1946 年 3 月 12 日）

1946 年 3 月 12 日新新戏院演出广告

张家口北市场

早场：《三国志》（《水战》《三江口》，准代《芦花荡》），《遇后打龙袍》《别窑》《女起解》

晚场：新排头二本《呼延庆打擂》（完全别开生面，与众不同）

预告

本院特约色艺双绝、梅派正宗青衣花衫、文武兼优、驰名坤伶孙秋芳，青年勇猛武生吴英鹏，快看新角，首次来张，注意演期。

今晚准演文武代打，与众不同伟大佳剧头二本《呼延庆打擂》。十二大节目一次演出，内有五音连弹，添演电光布景，五花八门，特别开打。

（《晋察冀日报》1946 年 3 月 12 日）

1946 年 3 月 12—13 日同德戏院演出广告

张家口南营坊

三月十二日

早场：前部《诸葛亮招亲》，《凤鸣关》《坐楼》《子母炮》《桑园会》

晚场：后部《诸葛亮招亲》，《花蝴蝶》《洞房》《三上轿》

三月十三日

早场：《回荆州》《永寿庵》《越虎城》《双吊孝》《走山》《戏叔》

晚场：《刘公案》《花亭》《斩黄袍》

（《晋察冀日报》1946年3月12日）

1946年3月12日新华电影院演出广告

早场：全本《游鳌山》，《花亭》《下河东》

晚场：《大报仇》《女写状》《采桑》《破洪州》

（《晋察冀日报》1946年3月12日）

1946年3月11—12日宣化人民影剧院演出广告

十一日

早场：《战北原》《辕门射戟》《投县》

晚场：全本《困雪山》

十二日

早场：全本《打金枝》，《走鞭》

晚场：《八件衣》

（《晋察冀日报》1946年3月12日）

1946年3月12日宣化戏剧院演出广告

宣化市场

早场：全部《赵家楼》,《落花园》《马三保》《汾河湾》

晚场：《冀州城》《走雪山》《剑峰山》《三娘教子》

（《晋察冀日报》1946年3月12日）

1946年3月13日人民剧院演出广告

担心受怕！

美国环球公司出品，滑稽大笑片《麒麟送子》，加演五彩天然色战争巨片《血溅塔拉瓦岛》，今天起在人民剧院放映。

每天两场，五点、七点半，星期六、日加演早场。

票价：市民七十、军人五十

下期预告：请注意上演日期，全部五彩卡通滑稽声片十大本《小人国》

（《晋察冀日报》1946年3月13日）

1946年3月13日宣化人民电影院演出广告

山西梆子演员

赵凤仙、阎三关、马武黑、六善昭、阎凤铃、娃娃生、排长红、赵玉舫、范起旺、王艳亭

早场：《灯下会》《沙陀国》《牧羊卷》
晚场：全本《凤仪亭》

电影

希各界观众注意，因新电影片尚未运到，临时上演时代巨片《孔雀东南飞》，高占非、胡蝶主演。

同时上演，早场十二时，晚场六时。

因新电影片未运到临时票价：大人五十元、儿童三十元。

（《晋察冀日报》1946 年 3 月 13 日）

1946 年 3 月 13 日宣化戏剧院演出广告

宣化市场

名伶青年武生姜铁麟、武二花脸白金城、勇猛武生王德禄、叶派武丑萧鸣萱、文武须生胡少安、青衣花衫杨丽秋、青年武生周云楼、方瑞山、张世杰、张昆、张小五、谭世秀、松文明、赵永茹、周艳铭、赵燕林、一斗丑、赵西林、张福元，全体演员每日参加助演。
早场：全部《殷家堡》，《孟津得宝》《春香闹学》《吴汉杀妻》
晚场：全部《金石盟》（醉归吵家，耍刀杀山，时迁偷鸡，当场吃火），《兄妹开荒》

现正赶排全部《水浒传》。

票价平民花六十元。

（《晋察冀日报》1946 年 3 月 13 日）

1946年3月13日庆丰大戏院演出广告

张家口怡安街

皮黄花衫高吟秋、评剧花衫花淑兰、董兰芳、赵丽蓉、筱佩秋、姚云铃、殷金振、陈世鼎、骆少翔、王双玉、马玉红、骆连翔、筱月楼、何金海、崔万春、焦鸣蓉、刘吟梅、赵艳蓉、吴素屏、茹小惠、张耀文、李志春、李文华、筱佩冬、陆通得、富贵生、张国才、张云霞、王长德、李佩珠、李桐来、甄世祥、童素立、刘英斌、花淑琴

早场：全部《龙凤呈祥》（准代《芦花荡》）

晚场：全部《洪宣娇》（新颖绝妙，浩大布景，辉煌灿烂，异样服装）

纪念三八国际妇女节，快看新本戏，特排伟大历史名剧《洪宣娇》。太平天国兴亡史，革命斗争女战士，有鲜明异样服装，有英雄豪杰先声。

（《晋察冀日报》1946年3月13日）

1946年3月13日新新戏院演出广告

张家口北市场

坤伶须生泰斗魏少宸每日早晚准演，坤伶老旦马韵甫、坤伶花旦魏少云、名伶小生张世孝、名伶青衣张元秋、勇猛武生吴英鹏、顾荣常、张金元、计全禄、王幼亭、王斌才、关玉峰、杨丽清、殷元和、

王桂芬、张奎斌、薛盛忠、田起朋、李金和、张笑云、李砚云、王宝月、田少朋、李虎臣、李艳秋、栗素君

早场：全部《浔阳楼》（《坐楼杀惜》《宋江吃屎》《李逵夺鱼》，代《劫法场》），《行路训子》《鸿鸾喜》

晚场：新排头二本《呼延庆打擂》（完全别开生面，与众不同）

预告

本院特约名震京津、梅派正宗青衣花衫、文武兼优、驰名坤伶孙秋芳，青年勇猛武生吴英鹏，快看新角，首次来张，注意演期。

文武代打，与众不同，伟大佳剧头二本《呼延庆打擂》。十二大节目一次演出，内有五音连弹，添演电光布景，五花八门，特别开打。

（《晋察冀日报》1946年3月13日）

1946年3月13—14日同德戏院演出广告

张家口南营坊

坤伶青衣郭兰英、坤伶青衣牛桂英、坤伶花衫白翠香、坤伶须生懿莲春、名伶花面金铃黑、白牡丹、田月楼、董士元、富艳芳、懿兰花、金玉凤、张玉英、郭美英、南定银、张万云、杨万顺

三月十三日

早场：《回荆州》《永寿庵》《越虎城》《双吊孝》《走山》《戏叔》

晚场：《刘公案》《花亭》《斩黄袍》

三月十四日

早场：《火焰驹》《坐审》《金雁桥》《骂殿》《乌玉带》

晚场：《八义图》《三岔口》《藏舟》《游花园》

（《晋察冀日报》1946年3月13日）

1946年3月13日新华电影院演出广告

张家口南市场

京剧平戏坤伶青衣花旦宋桂岚

京剧平戏演员：坤伶青衣李砚琴、名伶文武老生刘福芳、滑稽彩旦筱银凤、坤伶文武彩旦叶淑英、坤伶青衣花旦李桂珍、坤伶青衣老旦张月霞、名伶文武小生康玉芳、名伶文武小丑关德奎、文武三花脸胎里坏、文武老生叶瑞林、文武花脸李宝亭、文武小生芦玉楼

早场：全本《大报仇》，《走边》《坐窑》《打金枝》

晋戏山西梆子名伶须生刘宝山

晋戏山西梆子演员：坤伶青衣金玉梅、坤伶青衣刘仙梅、坤伶花旦刘玉婵、名伶青衣刘明山、著名花脸狮子黑、文武小生刘玉山、陈国富、鸡毛丑、自来旦、黄玉山、七百红、李兰英、白云英、筱金兰、杨玉铃、关玉珍、魏志喜、刘玉玺

晚场：全本《凤仪亭》，全本《珍珠汗衫》

（《晋察冀日报》1946年3月13日）

1946年3月14日宣化人民电影院演出广告

山西梆子演员

赵凤仙、阎三关、马武黑、六善昭、阎凤铃、娃娃生、排长红、赵玉舫、范起旺、王艳亭

早场：《斩黄袍》《渭水河》《双守节》

晚场：全本《黄犬救主》

电影

希各界观众注意，因新电影片尚未运到，临时上演时代巨片《孔雀东南飞》，高占非、胡蝶主演。

同时上演，早场十二时，晚场六时。

因新电影片未运到临时票价：大人五十元，儿童三十元。

（《晋察冀日报》1946年3月14日）

1946年3月14日宣化戏剧院演出广告

宣化市场

早场：《贾家楼》《武家坡》《宝莲灯》（《闹学》《打堂》），《挂古画》

晚场：《水帘洞》（群众特烦二次重演），《御碑亭》《李国良回家》

预告

现在赶排近期公演全部《苏州城》。

票价平民花六十元。

（《晋察冀日报》1946 年 3 月 14 日）

1946 年 3 月 14 日庆丰大戏院演出广告

张家口怡安街

早场：全部《大连环套》（《坐寨》《盗马》《议事》《拜山》，准代《盗钩》）

晚场：全部《洪宣娇》（新颖绝妙，浩大布景，辉煌灿烂，异样服装）

纪念三八国际妇女节，快看新本戏，特排伟大历史名剧《洪宣娇》，太平天国兴亡史，革命斗争女战士，有鲜明异样服装，有英雄豪杰先声。

（《晋察冀日报》1946 年 3 月 14 日）

1946 年 3 月 14 日新新戏院演出广告

张家口北市场

早场：全部《浔阳楼》（《坐楼杀惜》《宋江吃屎》《李逵夺鱼》，代《劫法场》），《孟津河》《焰火棍》《宇宙锋》

晚场：新排头二本《呼延庆打擂》（完全别开生面，与众不同）

预告

本院特约名震京津、梅派正宗青衣花衫、文武兼优、驰名坤伶孙秋芳，青年勇猛武生吴英鹏，快看新角，首次来张，注意演期。

文武代打，与众不同，伟大佳剧头二本《呼延庆打擂》。十二大节目一次演出，内有五音连弹，添演电光布景，五花八门，特别开打。

（《晋察冀日报》1946 年 3 月 14 日）

1946 年 3 月 14—15 日同德戏院演出广告

张家口南营坊

三月十四日

早场：《火焰驹》《坐审》《金雁桥》《骂殿》《乌玉带》

晚场：《八义图》《三岔口》《藏舟》《游花园》

三月十五日

早场：《富贵图》《七星庙》《怀都关》《扫窑》《汴梁图》

晚场：《赶天书》《打堂》《破洪州》《取成都》《教子》

（《晋察冀日报》1946 年 3 月 14 日）

1946 年 3 月 14 日新华电影院演出广告

张家口南市场

京剧平戏坤伶青衣花旦宋桂岚

京剧平戏演员：坤伶青衣李砚琴、名伶文武老生刘福芳、滑稽彩旦筱银凤、坤伶文武彩旦叶淑英、坤伶青衣花旦李桂珍、坤伶青衣老旦张月霞、名伶文武小生康玉芳、名伶文武小丑关德奎、文武三花脸

胎里坏、文武老生叶瑞林、文武花脸李宝亭、文武小生芦玉楼

早场：全本《潇湘夜雨》，全本《回荆州》，《拜月》

晋戏山西梆子名伶须生刘宝山

晋戏山西梆子演员：坤伶青衣金玉梅、坤伶青衣刘仙梅、坤伶花旦刘玉婵、名伶青衣刘明山、著名花脸狮子黑、文武小生刘玉山、陈国富、鸡毛丑、自来旦、黄玉山、七百红、李兰英、白云英、筱金兰、杨玉铃、关玉珍、魏志喜、刘玉玺

晚场：全本《富春院》，《空城计》《迎亲》《捉放》

（《晋察冀日报》1946 年 3 月 14 日）

1946 年 3 月 15 日新华电影院紧要启事

本院由京特聘京剧平戏坤伶宋桂岚，兼长青衣花旦一行十余名及本院演员自三月十三日起演唱，每日排演京剧平戏、创作新剧酬答观众。

新华电影院启

（《晋察冀日报》1946 年 3 月 15 日）

1946 年 3 月 15—16 日宣化人民电影院演出广告

山西梆子演员

赵凤仙、阎三关、马武黑、六善昭、阎凤铃、娃娃生、排长红、赵王舫、范起旺、王艳亭

十五日

早场：《空城计》《祭法场》《困营》《拾玉镯》

晚场：全本《野豹杀船》

十六日

早场：《黑风帕》《三疑计》《怀都关》

晚场：全本《大报仇》,《合凤裙》

今日上演轰动延安苏联名片《女战士》。女主角杜娅·彼得洛娃是苏联最受群众欢迎的女演员阿洛娃领衔主演，莫斯科中央摄影厂摄制。

同时上演，票价八十元。

如有机关部队包园，加演早场，九时半，票价四十元。

（《晋察冀日报》1946年3月15日）

1946年3月15日宣化戏剧院演出广告

宣化城内市场中心

青衣花衫杨丽秋、青年老生胡少安、勇猛武生周云楼、名伶青年武生姜铁麟、赵永茹、周艳铭、一斗丑、赵西林、张福元、赵燕林、白金城、萧鸣萱、王德禄，全体演员助演。

早场：《捉拿黄龙基》，全部《临江驿》

晚场：《挑滑车》（准代《下书》），《孔雀东南飞》

现在赶排全部《水浒传》《苏州城》。

票价平民花六十元。

（《晋察冀日报》1946年3月15日）

1946年3月15日庆丰大戏院演出广告

张家口怡安街

早场：《大花为媒》（婚姻斗争）

晚场：全部《洪宣娇》（新颖绝妙，浩大布景，辉煌灿烂，异样服装）

预告

现正赶排观众表扬、戏情绝妙、彩砌鲜明、伟大名剧第五本《水浒》（王押司偶遇潘巧云，吴干娘受贿逼姻缘，扑天鹏两修生死书，一丈青单擒王矮虎）。

置造布景，即行公演。

（《晋察冀日报》1946年3月15日）

1946年3月15日新新戏院演出广告

特约北平来张、文武兼优、青衣花衫、驰名坤伶孙秋芳、勇猛武生吴英鹏，李艳云，顾荣常，关玉峰，杨丽清，张金元，殷元和，李金和，张笑云，王桂芬，薛盛忠，李艳秋，田艳秋，田起朋，王宝

月，田少朋，栗素君，李虎臣，李砚廷，赵振东

欢迎观众，露新角概不加价。

十五日

早场：《御碑亭》（代《大团圆》），《泗州城》，跟斗比赛

晚场：《法门寺》（准代《大审》），《武文华》《万君兆出世》

十六日

早场：《雪艳娘》《牛头山》

晚场：《新玉堂春》《嘉兴府》

佳剧预告

《呼延庆打擂》，头本、二本连演四晚，颇得好评，欢迎观众，近期接演。现正日夜赶排三本、四本，继续上演直至十本为止，诸君注意演期。

（《晋察冀日报》1946年3月15日）

1946年3月15日新华电影院演出广告

张家口南市场

早场：全本《败子回头》，《万花船》《取成都》

晚场：全本《玉堂春》，全本《六月雪》，《骂殿》《张彦赶船》

（《晋察冀日报》1946年3月15日）

1946年3月16—17日宣化戏剧院演出广告

宣化城内市场中心

青衣花衫杨丽秋、青年老生胡少安、勇猛武生周云楼、名伶青年武生姜铁麟、赵永茹、周艳铭、一斗丑、赵西林、张福元、赵燕林、白金城、萧鸣萱、王德禄，全体演员助演。

十六日

早场：《过五关》《梅龙镇》，全部《花蝴蝶》，跟斗比赛，准代《水擒》

晚场：《白水滩》《打花鼓》，全部《八大锤》（《车轮大战》《断臂说书》）

十七日

早场：《收关胜》《马义救主》《武松杀嫂》

晚场：《古城训弟》《审头刺汤》，《三岔口》（新型开打，与众不同）

现在赶排全部《水浒传》《苏州城》。

票价平民花六十元。

（《晋察冀日报》1946年3月16日）

1946年3月16日庆丰大戏院演出广告

张家口怡安街

早场：《香莲传》（《进京寻夫》）

晚场：全部《洪宣娇》（新颖绝妙，浩大布景，辉煌灿烂，异样服装）

预告

现正赶排观众表扬、戏情绝妙、彩砌鲜明、伟大名剧第五本《水浒·梁山伯》（王押司庙中遇巧云，吴干娘贪银强姻缘，为争风押司送性命，报恩寺和尚勾奸情，病关索长街遇石秀，武二郎出险杀蒋忠，投梁山时迁盗坟墓，小石秀火烧祝家亭，扑天鹏两修生死书，一丈青单擒王矮虎，宋公明三入盘蛇镇，扈三娘巧配小王英）。

置造布景，完全改编，旧剧新唱，即行公演。

（《晋察冀日报》1946年3月16日）

1946年3月16—17日新新戏院演出广告

京津久贯盛名坤伶须生泰斗魏少宸、特约梅派青衣花衫驰名坤伶孙秋芳、李艳云、李金和、杨丽清、王斌才、马韵甫、张世孝、魏少云、吴英鹏、张金元、关玉峰、殷元和、顾荣常、张笑云、赵振东、田少朋、田艳秋、田起朋、王宝月、王幼亭、薛盛忠、李虎臣、李艳秋、李砚廷、张元秋、王桂芬、栗素君

欢迎观众，露新角概不加价。

十六日

早场：《雪艳娘》《牛头山》

晚场：《新玉堂春》《嘉兴府》

十七日

早场：《甘露寺》（准代《丧巴丘》）

晚场：《王宝钏》《铁龙山》

佳剧预告

《呼延庆打擂》，头本、二本连演四晚，颇得好评，欢迎观众，近期接演。现正日夜赶排三本、四本，继续上演直至十本为止，诸君注意演期。

（《晋察冀日报》1946 年 3 月 16 日）

1946 年 3 月 16—17 日同德戏院演出广告

张家口南营坊

三月十六日

早场：《串龙珠》《断桥》《查关》《百花亭》

晚场：《法门寺》《捡柴》《宋喜朋》《迎亲》《投县》《杀狗》

三月十七日

早场：《算粮登殿》《独木关》《戏凤》《采桑》《双锁山》

晚场：《下江南》《汲水》《杀驿》《下南唐》

（《晋察冀日报》1946 年 3 月 16 日）

1946 年 3 月 17 日宣化人民影剧院演出广告

山西梆子演员

赵凤仙、阎三关、马武黑、六善昭、阎凤铃、娃娃生、排长红、赵玉舫、范起旺、王艳亭

早场：全部《游龟山》

晚场：《双锁山》《白虎帐》《火焰驹》

今日上演轰动延安苏联名片《女战士》。女主角杜娅·彼得洛娃是苏联最受群众欢迎的女演员阿洛娃领衔主演，莫斯科中央摄影厂摄制。

同时上演，票价八十元。

如有机关部队包园，加演早场，九时半，票价四十元。

（《晋察冀日报》1946年3月17日）

1946年3月17—18日宣化戏剧院演出广告

宣化城内市场中心

十七日

早场：《收关胜》《马义救主》《武松杀嫂》

晚场：《古城训弟》《审头刺汤》《三岔口》（新型开打，与众不同）

十八日

早场：《鄚州庙》《二进宫》《战濮阳》（火烧曹操）

晚场：《延辉坐宫》《天门走雪》，全本《安天会》（偷桃盗丹大闹天宫）

现在赶排全部《水浒传》《苏州城》。

票价平民花六十元。

（《晋察冀日报》1946年3月17日）

1946年3月17日市立电影院演出广告

今日起上演苏联战争巨影《黑海大血战》，海军大会战。

影前加演惊奇魔术和短剧。

普通日开演二场，星期六、日开演三场。

票价：市民八十元、军人四十元

南市场

电话：二四六五

（《晋察冀日报》1946年3月17日）

1946年3月17—18日庆丰大戏院演出广告

张家口怡安街

十七日

早场：《刘翠屏哭井》《大战长沙》

晚场：《洪宣娇》，只此一场，请驾早临

十八日

早场：新排全部，影片话剧，家庭惨史，较众不同，《新空谷兰》（内容改修，另有绝妙）

晚场：《洪宣娇》，只此一场，请驾早临

（《晋察冀日报》1946年3月17日）

1946年3月17日新华电影院演出广告

张家口南市场

早场：全本《莲花庵》，《梅绛雪》《忠保国》

晚场：《祭江》《合凤裙》《献地图》，全本《女贞血》

（《晋察冀日报》1946年3月17日）

1946年3月17日市立电影院演出广告

今日起上演《黑海大血战》。

看吧！（印有中文说明）准能使你满意于其他战争影片。

看过苏联红军陆战队的英勇后，更进一步了解苏联海军的威力。

每日早晚影前加演新奇魔术、时代笑剧。

普通日开演二场，星期六、日开演三场。

票价：市民八十元、军人四十元

南市场

电话：二四六五

（《晋察冀日报》1946年3月18日）

1946年3月18日新新戏院演出广告

早场：《巴骆和》《酸枣岭》《刺巴杰》

晚场：全本《金石盟》，《金钱豹》（满台飞钢叉）

（《晋察冀日报》1946年3月18日）

1946年3月18日同德戏院演出广告

张家口南营坊

早场：《梅绛雪》《神亭岭》《永寿庵》《渭水河》《血手印》
晚场：《八件衣》《教子》《八蜡庙》《祭江》《三疑计》

（《晋察冀日报》1946年3月18日）

1946年3月18日同德戏院启事

本院邀请坤伶英秀小生，誉贯晋境文武兼优十一生，现已来张，拟定十九日晚露演。

十九日
晚场：《黄鹤楼》
二十日
晚场：《鲛绡帕》

（《晋察冀日报》1946年3月18日）

1946 年 3 月 18 日新华电影院演出广告

张家口南市场

早场：全本《回龙传》，《玉虎坠》《金马门》

晚场：全本《枪毙白面犯》，《斩子》《回龙阁》

（《晋察冀日报》1946 年 3 月 18 日）

1946 年 3 月 18 日宣化人民影剧院演出广告

山西梆子演员

赵凤仙、阎三关、马武黑、六善昭、阎凤铃、娃娃生、排长红、赵玉舫、范起旺、王艳亭

早场：全部《凤双飞》

晚场：全本《梅绛雪》

《女战士》最后一日，明日十九日起上演《麒麟送子》，美国环球公司出品。加演五色巨片《血溅塔拉瓦岛》。

同时上演，票价八十元。

如有机关部队包园，加演早场，九时半，票价四十元。

（《晋察冀日报》1946 年 3 月 18 日）

1946年3月19日新新戏院演出广告

张家口南市场

早场：《三盗九龙杯》《桑园会》《雪杯圆》

晚场：《白水滩》《借东风》（特别拿手），全本《孔雀东南飞》

（《晋察冀日报》1946年3月19日）

1946年3月19—20日同德戏院演出广告

张家口南营坊

三月十九日

早场：《松棚会》《高三上坟》《赶三山》《双吊孝》《赶子》

晚场：《金沙滩》《洪洋洞》《游花园》《舍子》

三月二十日

早场：《鲛绡帕》《五台山》《清风寨》《双官诰》《牧羊卷》

晚场：《东皇庄》《五丈原》《洞房》《坐楼》《打金枝》

（《晋察冀日报》1946年3月19日）

1946年3月19日新华电影院演出广告

张家口南市场

早场：全本《万花船》，《万佛衣》《芦花记》

晚场：全本《五红图》，评戏《德孝双全》

（《晋察冀日报》1946年3月19日）

1946年3月20日新新戏院演出广告

早场：《平贵别窑》《坐楼杀惜》《辕门射戟》
晚场：《花蝴蝶》《凤还巢》《击鼓骂曹》

（《晋察冀日报》1946年3月20日）

1946年3月20日新华电影院演出广告

张家口南市场

早场：评戏头本《杨三姐》（《洞房》，代《五堂》）
晚场：评戏全本《三节烈》，《金沙滩》

（《晋察冀日报》1946年3月20日）

1946年3月21—22日庆丰大戏院演出广告

张家口怡安街

廿一号

早场：民众特烦《大溪皇庄》，京津大鼓，丝调岔曲，反串秦腔，拆

唱皮黄，河南坠子，巧变戏法，文明相声，改良双簧。重新创造，各尽其妙

晚场：准演初创新剧第四本《水浒》（新画大喜堂，雕樽候台光）

廿二号

晚起，首次开幕第五本《水浒》（王押司庙中遇巧云，吴干娘贪银强姻缘，为争风押司送性命，报恩寺和尚勾奸情，病关索长街遇石秀，武二郎出险杀蒋忠，投梁山时迁盗坟墓，小石秀火烧祝家亭，扑天鹏两修生死书，一丈青单擒王矮虎，宋公明三入盘蛇镇，扈三娘巧配小王英）。

（《晋察冀日报》1946 年 3 月 21 日）

1946 年 3 月 21 日新新戏院演出广告

早场：《鸿鸾禧》《打渔杀家》《古城会》

晚场：三本、四本《呼延庆打擂》（本戏开幕，首次公演）

（《晋察冀日报》1946 年 3 月 21 日）

1946 年 3 月 21—22 日同德戏院演出广告

张家口南营坊

廿一日

早场：《拜寿》《夜战》《金山寺》《金水桥》

晚场：《杀府》《游花园》《女写状》《断桥》

廿二日

早场：《花亭》《英雄义》《梅花洞》《击掌》《南天门》

晚场：《清官册》《白水滩》《舍子》

（《晋察冀日报》1946年3月21日）

1946年3月21日同德戏院启事

本院邀请坤伶英秀小生，誉贯晋境文武兼优十一生，现已来张，拟定十九日晚露演。

三月廿二日

早场：《卖人鱼》《少华山》

晚场：《蝴蝶杯》《凤仪亭》

（《晋察冀日报》1946年3月21日）

1946年3月21日新华电影院演出广告

张家口南市场

早场：全本《松棚会》，二本《杨三姐》

晚场：全本《卖水》，《天水关》，评戏《罗大虎》

（《晋察冀日报》1946年3月21日）

人民剧院、市立电影院《天上人间》演出广告

只演四天！

人民剧院、市立电影院再度联合放映苏联影坛惊人杰作《天上人间》。

是爱情和战争的交响曲——热情、紧张，一心为祖国！

是天上与人间的定情歌——空军，演员，两地恨相思！

时间：人民剧院每天两场（下午五时、七时半），星期六、日加映早场（一时）；市立电影院每天两场（下午二时、六时），星期六、日加映早场（十一时）

票价：两院一律普通八十元、机关部队五十元

（《晋察冀日报》1946年3月22日）

1946年3月22日新新戏院演出广告

早场：《长寿星》《宝莲灯》《八蜡庙》

晚场：三本、四本《呼延庆打擂》

（《晋察冀日报》1946年3月22日）

1946年3月22日同德戏院启事

本院邀请坤伶英秀小生，誉贯晋境文武兼优十一生，现已来张，拟定十九日晚露演。

廿二日

早场：《少华山》

晚场：《凤仪亭》

廿三日

早场：《百花亭》（准代《□将》）

晚场：《富贵图》

（《晋察冀日报》1946年3月22日）

1946年3月22日新华电影院演出广告

张家口南市场

早场：平戏《可怜秋香》，《龙戏凤》《斩郑文》

晚场：《女写状》《南天门》《人面桃花》，平戏《家庭乐》，加演什样杂耍

（《晋察冀日报》1946年3月22日）

1946年3月23日新新戏院演出广告

早场：《梅龙镇》《四进士》《斩颜良》

晚场：三本、四本《呼延庆打擂》

（《晋察冀日报》1946年3月23日）

1946年3月23—24日同德戏院演出广告

张家口南营坊

廿三日

早场：《坐窑》《战冀州》《算粮》《葵花峪》

晚场：《塔子沟》《子母炮》《乌玉带》

廿四日

早场：《三岔口》《烛影记》《辛安驿》《忠保国》

晚场：《二度梅》《界牌关》《登殿》《戏叔》

（《晋察冀日报》1946年3月23日）

1946年3月23日同德戏院启事

本院邀请坤伶英秀小生，誉贯晋境文武兼优十一生，现已来张，拟定十九日晚露演。

廿三日

早场：《百花亭》（准代《□将》）

晚场：《富贵图》

廿四日

早场：《辕门射戟》

晚场：《回荆州》

（《晋察冀日报》1946年3月23日）

1946年3月23日新华电影院演出广告

张家口南市场

早场：平戏《铡阁老》，全本《拜寿图》

晚场：头本《贫女泪》，全本《五岳图》

（《晋察冀日报》1946年3月23日）

1946年3月24日新新戏院演出广告

早场：《遇皇后》《花木兰从军》《汾河湾》

晚场：三本、四本《呼延庆打擂》

（《晋察冀日报》1946年3月24日）

1946年3月24日同德戏院启事

本院邀请坤伶英秀小生，誉贯晋境文武兼优十一生，现已来张，拟定十九日晚露演。

廿四日

早场：《辕门射戟》

晚场：《回荆州》

廿五日

早场：《双锁山》

晚场：《火焰驹》

（《晋察冀日报》1946年3月24日）

1946年3月24日新华电影院演出广告

张家口南市场

早场：平戏《黑猫告状》，全本《双巧配》

晚场：全本《红霞关》，《龙虎斗》，平戏《玻璃恨》

（《晋察冀日报》1946年3月24日）

1946年3月25日庆丰大戏院演出广告

张家口怡安街

早场：本院重排清朝实事新闻、家庭悲剧、红颜薄命新戏《拾金不昧》（真枪真刀新式开打，重新创造，各尽其妙）

晚场：准演初创新剧第五本《水浒》（新画大喜堂，雕樽候台光）

（《晋察冀日报》1946年3月25日）

1946年3月25日新新戏院演出广告

早场：《御碑亭》《金榜乐》《大团圆》

晚场：三本、四本《呼延庆打擂》

（《晋察冀日报》1946年3月25日）

1946年3月25日同德戏院演出广告

张家口南营坊

早场：《戏凤》《收关胜》《合凤裙》《鸡架山》《汴梁图》

晚场：《女起解》《花蝴蝶》《杀狗》《芦花》

（《晋察冀日报》1946年3月25日）

1946年3月25日新华电影院演出广告

张家口南市场

刘宝山、宋桂岚、刘玉婵、狮子黑、刘玉山、刘明山、花淑云、李砚琴、刘福芳、康玉芳、李桂珍、白玉英、筱银凤、金玉梅、刘仙梅、杨玉铃、张月霞、李兰英、叶淑英

早场：《祭江》，全本《美人图》，平戏全本《牢狱产子》

晚场：《白蛇传》《坐楼杀惜》，头本《唤醒同胞》

新排佳剧

平戏山西梆子两班合演，新排二十余本，每日准演。内容：

1. 国泰山东收粮草，左都恒被国泰斩。

2. 左连城告下御状，刘墉设计表兄弟。

3. 大清乾隆准了本，刘墉领旨赴山东。

4. 金永生全家逃难，李堂李红设计龙。

5. 金家夫妻全被害，刘统勋出朝私访。

6. 良乡县内遇秽官，监内写状命义女。

7. 到京遇见叶里红，刘墉铡了叶阁老。

8. 叶女知情奏龙庭，万岁恼怒斩刘墉。

全部《左连城告状》，时间三月二十七日晚场准演。

（《晋察冀日报》1946 年 3 月 25 日）

1946 年 3 月 26 日新新戏院演出广告

特约梅派青衣花衫驰名坤伶孙秋芳、京津久贯盛名坤伶须生泰斗魏少宸、李艳云、李金和、杨丽清、张世孝、马龄甫、王斌才、魏少云、吴英鹏、张金元、关玉峰、殷元和、顾荣常、张笑云、张奎斌、张文春、田少朋、田艳秋、田起朋、王宝月、王幼亭、薛盛忠、李虎臣、李艳秋、计全禄、张元秋、王桂芬、栗素君

早场：《黄鹤楼》（代《水战》《三江口》《芦花荡》）

晚场：三本、四本《呼延庆打擂》

（《晋察冀日报》1946 年 3 月 26 日）

1946年3月26日同德戏院演出广告

张家口南营坊

廿六日

早场：《祭江》《怀都关》《血手印》《下河东》《三上轿》

晚场：《捡柴》《三虎庄》《花亭》《扫窑》

廿七日

早场：《断桥》《收秦明》《三疑计》《打金枝》

晚场：《永寿庵》《反西凉》《明公断》

（《晋察冀日报》1946年3月26日）

1946年3月26日同德戏院启事

本院邀请坤伶英秀小生，誉贯晋境文武兼优十一生，现已来张，拟定十九日晚露演。

廿六日

早场：《余塘关》

晚场：《双巧配》

廿七日

早场：《二度梅》

晚场：《红霞关》

（《晋察冀日报》1946年3月26日）

1946年3月26日新华电影院演出广告

张家口南市场

早场：《三疑计》，全本《富贵图》，平戏全本《死后明白》

晚场：《赶子》《九件衣》，二本《唤醒同胞》

（《晋察冀日报》1946年3月26日）

1946年3月27日新新戏院演出广告

早场：《雪弟恨》（《哭灵牌》《八百里》《连营寨》）

晚场：五本、六本《呼延庆打擂》，今晚首次公演

（《晋察冀日报》1946年3月27日）

1946年3月27日同德戏院演出广告

张家口南营坊

廿七日

早场：《断桥》《收秦明》《三疑计》《打金枝》

晚场：《永寿庵》《反西凉》《明公断》

廿八日

早场：《赶三山》《牧虎关》《走山》《舍子》

晚场：《越虎城》《双吊孝》《梅龙镇》

（《晋察冀日报》1946年3月27日）

1946年3月27日同德戏院启事

本院邀请坤伶英秀小生，誉贯晋境文武兼优十一生，现已来张，拟定十九日晚露演。

廿七日

早场：《二度梅》

晚场：《红霞关》

廿八日

早场：《贩马记》

晚场：《梅绛雪》

（《晋察冀日报》1946年3月27日）

1946年3月27日新华电影院演出广告

张家口南市场

晚场：全部《左连城告状》

（《晋察冀日报》1946年3月27日）

1946年3月28日庆丰大戏院演出广告

张家口怡安街

早场：女界特烦，香艳悲哀，影片话剧《空谷兰》

晚场：接演百观不厌第五本《水浒》（二武松报仇杀蒋忠，扈三娘巧配小王英）

预告

本院续排民众欢迎各界表扬伟大历史名剧第六本《水浒》，创造一切继续公演。

（《晋察冀日报》1946年3月28日）

1946年3月28日新新戏院演出广告

早场：《龙凤呈祥》《丧巴丘》《美人计》《甘露寺》《回荆州》

晚场：五本、六本《呼延庆打擂》，今晚首次公演

（《晋察冀日报》1946年3月28日）

1946年3月28日同德戏院启事

本院邀请坤伶英秀小生，誉贯晋境文武兼优十一生，每日早晚两场准演。

廿八日

早场：《贩马记》

晚场：《梅绛雪》

廿九日

早场：《黄逼宫》

晚场：《女状元》

（《晋察冀日报》1946年3月28日）

1946年3月28日新华电影院演出广告

张家口南市场

早场：《骂门》，全本《算粮登殿》，全本平戏《七人贤》

晚场：《坐窑》《斩子》，二本《左连城告状》

（《晋察冀日报》1946年3月28日）

1946年3月29日新新戏院演出广告

早场：《龙凤呈祥》《金石盟》《吵家》《耍刀》《杀山》

晚场：五本、六本《呼延庆打擂》，另有可观

（《晋察冀日报》1946年3月29日）

1946年3月29—30日同德戏院演出广告

张家口南营坊

廿九日

早场：《独木关》《骂殿》《投县》《黄犬救主》

晚场：《金雁桥》《迎亲》《卖子》《金水桥》

三十日

早场：《宝莲灯》《清风寨》《定军山》《开茶馆》《同恶报》

晚场：《鄚州庙》《庆顶珠》《杀府》《下南唐》

（《晋察冀日报》1946年3月29日）

1946年3月29日同德戏院启事

本院邀请坤伶英秀小生，誉贯晋境文武兼优十一生，每日早晚两场准演。

廿九日

早场：《黄逼宫》

晚场：《女状元》

三十日

早场：《花亭》

晚场：《日月圆》

（《晋察冀日报》1946年3月29日）

1946年3月29日新华电影院演出广告

张家口南市场

早场：《花亭》《匕首剑》《戏凤》，全本《醒世钟》

晚场：《错中错》《捉放曹》，三本《左连城告状》

（《晋察冀日报》1946年3月29日）

人民剧院、市立影院《歌舞齐飞》演出广告

人民剧院、市立影院联合放映歌唱巨片《歌舞齐飞》。

时间：人民影院每天两场（下午五时、六时半），星期六、日加映早场（一时）；市立影院每天两场（下午二时、七时），星期六、日加映早场（十一时）。

票价：两院一律普通八十元，军人五十元。

（《晋察冀日报》1946年3月30日）

1946年3月30日新新戏院演出广告

早场：《龙凤呈祥》《失街亭》《空城计》《斩马谡》

晚场：五本、六本《呼延庆打擂》，另有可观

（《晋察冀日报》1946年3月30日）

1946年3月30日同德戏院演出广告

张家口南营坊

三十日

早场:《宝莲灯》《清风寨》《定军山》《开茶馆》《司恶报》

晚场:《鄚州庙》《庆顶珠》《杀府》《下南唐》

三十一日

早场:《走鞭》《女起解》《三岔口》《取洛阳》《洞房》《牧羊卷》

晚场:《五台山》《赶船》《双官诰》《杀狗》

(《晋察冀日报》1946年3月30日)

1946年3月30日同德戏院启事

本院邀请坤伶英秀小生,誉贯晋境文武兼优十一生,每日早晚两场准演。

三十日

早场:《花亭》

晚场:《日月图》

三十一日

早场:《戏叔》

晚场:《赶天书》

(《晋察冀日报》1946年3月30日)

1946年3月30日新华电影院演出广告

张家口南市场

早场：《少华山》《金水桥》，全本《怒沉百宝箱》

晚场：全本《回荆州》，四本《左连城告状》

（《晋察冀日报》1946年3月30日）

人民剧院、民主影院《五彩炭画大集会》演出广告

献给四四儿童节！

人民剧院、民主影院联合上演《五彩炭画大集会》。

足十大本，作者华纳梯斯奈。

人人爱看，一定拥挤，请早购票。

时间：人民剧院每天两场（下午五时、七时半），星期六、日加映早场（一时）；民主剧院每天两场（下午二时、七时），星期六、日加映早场（十一时）。

票价：两院一律普通票八十元，军人五十元。

启事：一、自四月三日起，除部队半价外，机关、团体、学校、工厂，一律整票，希各界注意。二、自四四儿童节招待儿童两院同时加演两场，票价一律二十元。

时间：人民剧院十一时、二时、五时、七时半；民主影院十二时、一时、四时、七时。

（《晋察冀日报》1946年4月3日）

人民剧院、民主影院《十三勇士》演出广告

风、沙、血、火、十三颗坚定的心，构成了无数幅感人欲泣的画面。

苏联英雄纪实名片《十三勇士》今日起在人民剧院、民主影院同时上映。

新从延安来此，详细中文说明。

我们希望各部队首长能组织战士们集体观看，因为这是一部很生动深刻的教育片，为了优待机关部队我们规定五十人以上的部队每票四十元。

时间：人民剧院每日五点、七点半，星期六、日加演早场一点；民主影院每日二点、七点，星期六、日加演早场十一点。

票价：军人五十元、普通八十元

《十三勇士》本事：一九二六年，十三个复员的红军战士，骑马到中亚细亚边疆，遇大风沙，进入一残破堡垒暂避，发现有埋藏之武器及水，知附近有残余之白党。不久白党反动部队来袭击，威胁他们撤出堡垒把水源交给白党，十三勇士坚决不屈，奋勇应战固守阵地，直战到最后一人，援军始到，将反动者歼灭。

（《晋察冀日报》1946 年 4 月 9 日）

1946 年 4 月 10 日人民剧院重要预告

《子弟兵的母亲戎冠秀》大型话剧日内即将正式公演，抗敌剧社

演出。

人民剧院

（《晋察冀日报》1946年4月10日）

1946年4月15日新华影院启事

敬启者：本院演剧合同期满，自今日起每日改演中外名片，敬希各界光临。

只演五天，《第二次“世界大战”新闻集》，每日三场，一点、四点、七点。

下期预告：《桃李争艳》

（《晋察冀日报》1946年4月15日）

人民剧院启事

一、二十一日举行全市追悼王、秦、邓、叶等烈士群众大会，继续停演一日。

二、二十二日内蒙古自治联合会假本院纪念成吉思汗，停演一日。

三、二十三日照常开演，请注意广告。

四、为接受部队同志意见，从二十三日起票价改为——

电影：普通票八十元、军人票四十元

话剧：普通票一百元、军人票五十元

人民剧院启

二十日

（《晋察冀日报》1946年4月21日）

1946年4月23日人民剧院演出广告

露演三天连场客满之苏联英雄纪实名片《十三勇士》（详细中文说明），应各界要求从今天起再度放映三天。

时间：五点、七点半

票价：普通八十元、军人四十元

（《晋察冀日报》1946年4月23日）

人民剧院《苏联一日》演出广告

朋友，你到过苏联吗？你想到苏联去参观吗？如果你有这个愿望，请到人民剧院。那儿今天上演《苏联一日》（全部中文说明），它可以使你满足。从海参崴到帕米尔，从西伯利亚到北极，处处是积极劳动，处处是愉快的生活。

时间：五点、七点半

票价：四十元、八十元

加演新闻片两大本：五万七千六百俘虏押送莫斯科，人山人海的画面，活泼新颖的镜头，把这数万两脚野兽刻画无遗。

今日两点半钟，加演一场，晚场七点半电影停演，演出话剧《子弟兵和老百姓》，票价一百元、五十元，只演一场，观看从速！

附启：本院昨日（二十六）换演新片，因收发将稿延误，至二十六日未能登出，本院与广告科均表歉忱，特此联合致歉。

（《晋察冀日报》1946年4月27日）

启　事

为纪念胜利后的第一个“五一国际劳动节”，本市各娱乐场所一致优待工人，凡持有各工厂或区以上工会证明文件之工友均将享有半价入场之优待。

此启

张市旧剧界联合会庆丰戏院、新新戏院、同德戏院、

影业公会人民剧院、民主影院、新华影院同启

（《晋察冀日报》1946年4月28日）

《戎冠秀》演出广告

望眼欲穿！！

《子弟兵的母亲——戎冠秀》（三幕五场巨型话剧）

抗敌剧社全体总动员

五月二日准于人民剧院演出
时间：每天一场，七点半。
票价：普通只售一百元，军人五十元。

（《晋察冀日报》1946年5月1日）

1946年5月1日人民剧院演出广告

朋友！你到过苏联吗？如果你愿意参观苏联，请到人民剧院看《苏联一日》，保你满意！

逐字逐句中文说明，从海参崴到帕米尔，从西伯利亚到北极，处处是积极的劳动，处处是愉快的生活。

加演新闻片两大本：五万七千六百俘虏押送莫斯科，人山人海的画面，活泼新颖的镜头。

时间：五点、七点半
星期□加演一场两点半
票价：四十元、八十元

纪念五一优待工人，本日两点半加演一场。

（《晋察冀日报》1946年5月1日）

人民剧院今日上演

话剧：《子弟兵的母亲戎冠秀》
抗敌剧社全体总动员
编剧：胡可　导演：杜烽　舞台监督：汪洋

演　员

戎冠秀——胡朋	沈淑林——王树平
李有——胡可	霍三尼——石岩
聚进子——刘文卿	杂兵甲——杜烽
春进子——石凉	杂兵乙——顾立高
荣花子——华江	小八路——赵凯
喜花子——赵子建	病员——顾立高
爱妮子——车毅	抬担架甲——赵凯
郝明秀——A 林韦 B 田华	抬担架乙——甄英杰
	交通站长—杜烽
三大伯——何迟	伤员——朱云
三大娘——A 智世明 B 歌焚	刘科长——石岩
	连成子——毛宁
某女——A 田华 B 萧地	老张——今之
	老韩——白萍
男女村民多人——抗敌剧社文艺训练队	

乐　队

指挥——罗浪
钢琴——高英
三弦——叶宁
小提琴——王立
同上——王平子
同上——梅琳
同上——张学明
同上——李湘林
竖笛——王佩之
横笛——曼德林
大提琴——韩绶铭

舞台工作

后台主任——胡旭
舞台管理——苏凡
布景——苏凡、助手顾荷、贾发瑞、张平国、刘兴全、韩德福
美工——小野泽
灯光——季明、子振海、王庭柱
服装——刘丽英、齐盛珍
道具——芦锡九、赵青方
化装——李建彦
效果——刘文卿、赵凯

电影：苏联战前名片《不可侵犯的边疆》（详细中文说明）

剧情简单介绍：在苏联国防线上，边防军的战士们日夜监视着对面法西斯的土地，因为那边随时都会有奸细偷过国防线到苏联的国家里进行破坏。边防军得到情报，两个礼拜以后有奸细过界，所有的边防军战士都紧张地准备着捕捉这些坏东西。边防上枪声响了，打破了边疆的寂静，经过了几次激烈的搏斗，奸细们先后被捕获了，一个也没有跑掉，一个也没有打伤，因为每一个红军战士都奉到命令：“要捉活的！不许跑掉一个！”苏联的边疆是不可侵犯的！

时间

话剧：每日一场（七点半）

电影：每日两场（两点半、五点）

票价

话剧：普通一百元、军人五十元

电影：普通八十元、军人四十元

《戎冠秀》连日客满，为了照顾市民群众看戏，兹特规定即日起军票售三分之一，普通票售三分之二。

（《晋察冀日报》1946年5月4日）

1946年5月14日人民剧院演出广告

今日两场

苏联万史巨片（全部中文说明）

《巴库工人武装起义》

一九〇五年巴库油田矿工武装起义反对沙皇的悲壮故事

一九三八年莫斯科摄影厂动员全苏数千演员之精湛杰作

时间：五点、七点半

票价：普通八十元、军人四十元

（《晋察冀日报》1946年5月14日）

《王秀鸾》演出广告

新张家口剧院开幕

首次公演七幕十三场新型大歌剧《王秀鸾》

前哨剧社全体动员，卷土重来不日公演

是庄稼妇女成为劳动英雄的史诗，

是封建家庭改造过程的典型，

你要了解平原上的生产热情吗?

你要了解平原上的残酷环境吗?

你要了解冀中妇女怎样斗争吗?

你要了解冀中政权如何领导群众吗?

人人有看必要，请注意公演日期

张家口剧场地址：解放桥东

（《晋察冀日报》1946 年 5 月 17 日）

《胜利之夜》演出广告

人民剧院特演三天!

荣膺斯大林一等奖金之苏联艺术名片（详细中文说明）

《胜利之夜》（原名：《胜利后的晚上六点钟》）

苏联名诗人古瑟夫遗作

诗与画，歌与剧，熔于一炉。

生与死，爱与憎，错综交织。

时间：五点半、七点半

票价：五十元、一百元

（《晋察冀日报》1946 年 5 月 20 日）

本市各剧影院露布义演节目

【新华社本市二十一日讯】昨日本市剧影界发起支援四平街保卫战的联合义务公演，今日旧联与影联又集合商议，决扩大为支援东北自卫战前线，义务公演日期仍为五月二十三日（星期四）晚场，当天各剧院均将在门口搭彩牌，张贴宣传画、标语，并在门口设置募捐箱，观众更可随意认捐。各剧影院均以佳剧佳片上演，其戏目如下：

庆丰戏院（庆丰、新新两班合演）：《吊金龟》《泗州城》《九更天》《刘翠屏》《北汉宫闱史》

同德戏院（同德、裕民两班合演）：《三疑计》《游花园》《取成都》《嘉兴府》《二堂献杯》《打金枝》《黄鹤楼》

新张家口剧院：七幕十三场新型歌剧《王秀鸾》

人民剧院、民主影院、新华影院：均将选演佳片（民主、新华并有第一游艺社什样杂耍、天凤魔术团中西魔术同时演出）

票价：戏剧二百元、电影一百元

（《晋察冀日报》1946 年 5 月 22 日）

《胜利之夜》加演广告

人民剧院连日客满!!

各界要求继续上演!!

荣膺斯大林一等奖金之苏联艺术名片（详细中文说明）

《胜利之夜》（原名：《胜利后的晚上六点钟》）

苏联名诗人古瑟夫遗作

诗与画，歌与剧，熔于一炉。

生与死，爱与憎，错综交织。

时间：五点半、七点半

票价：五十元、一百元

（《晋察冀日报》1946年5月25日）

《胜利之夜》加演广告

人民剧院最后一天!

荣膺斯大林一等奖金之苏联艺术名片（详细中文说明）

《胜利之夜》（原名：《胜利后的晚上六点钟》）

苏联名诗人古瑟夫遗作

诗与画，歌与剧，熔于一炉。

生与死，爱与憎，错综交织。

时间：五点半、七点半

票价：五十元、一百元

（《晋察冀日报》1946年5月26日）

人民剧院《十三勇士》演出广告

人民剧院今日上演！

苏联英雄纪实名片（中文说明）

《十三勇士》

不日上演新由延抵张之苏联文学巨片《夏伯阳》

时间：五点半、七点半

票价：五十元、一百元

（《晋察冀日报》1946年5月30日）

本市各剧影院露布义演节目

【新华社本市二十一日讯】昨日本市剧影界发起支援四平街保卫战的联合义务公演，今日旧联与影联又集会商议，决扩大为支援东北自卫战前线，义务公演日期仍为五月二十三日（星期四）晚场，当天各剧院均将在门口搭彩牌，张贴宣传画、标语，并在门口设置募捐箱，观众更可随意认捐。各剧影院均以佳剧佳片上演，其戏目如下：

庆丰戏院（庆丰、新新两班合演）：《吊金龟》《泗州城》《九更天》

《刘翠屏》《北汉宫闱史》

同德戏院（同德、裕民两班合演）：《三疑计》《游花园》《取成都》《嘉兴府》《二堂献杯》《打金枝》《黄鹤楼》

新张家口剧院：七幕十三场新型歌剧《王秀鸾》

人民剧院、民主影院、新华影院：均将选演佳片（民主、新华并有第一游艺社什样杂耍、天凤魔术团中西魔术同时演出）

票价：戏剧二百元、电影一百元

（《晋察冀日报》1946年5月22日）

人民剧院《夏伯阳》演出广告

看这豪爽果敢的英雄人物，

看这神奇非凡的游击部队。

可歌可泣，可敬可叹！

《夏伯阳》

苏联英雄巨片（详细中文说明）

人民剧院今日三场

时间：二点半、五点半、七点半

票价：军人五十元、普通一百元

（《晋察冀日报》1946年6月2日）

人民剧院《金钥匙》演出广告

小人国望尘莫及！漫画集甘拜下风！

开世界影坛之崭新纪录，空前未有之立体卡通片。

《金钥匙》（中文说明）

世界文豪 A. 托尔斯泰杰作，苏联莫斯科摄影厂荣誉出品。

人民剧院今日特演四场

时间：十二点、两点半、五点半、七点半

票价：五十元、一百元

（《晋察冀日报》1946 年 6 月 8 日）

张市文协、旧剧界为北平文化界义务公演启事

北平文化界在国民党法西斯特务的压迫下，一切不自由，没有个地方开会，没有钱办刊物，没有生活保障。援助他们，是我们文化工作者和每个同胞的责任。这次我们特请新近抵张的俞珊女士、唐伯弢先生及本市庆丰戏院、新新戏院名演员高吟秋、张世孝等，精选佳剧，假人民剧院，义务公演。票价所得，悉数捐助。届时同德、裕民两戏院亦将提成捐助。敬希各界人士，共襄义举。

两日剧目列下：

六月十日

（一）殷元和先生《时迁偷鸡》

（二）哈元章先生、唐伯弢先生、陈世鼎先生《定军山》《阳平关》

（三）张世孝先生、俞珊女士、关玉峰先生全本《鸿鸾禧》（准代《棒打》）

六月十一日

（一）张金元先生《挑滑车》

（二）高吟秋女士、唐伯弢先生、姚云铃先生《法门寺》（《庙堂》《叩阍》《行路》《大审》）

（三）哈元章先生、俞珊女士、张世孝先生全本《奇双会》（《哭监》《写状》《三拉团圆》）

时间：准下午六时半

票价：楼下五百、楼上三百

售票处：利民广告公司、新华书店、华盛文具店、民众教育馆、大众合作社、解放咖啡店、北方美术供应社、长城百货商店、维新园、成记食品杂货庄

即日开始售票！

（《晋察冀日报》1946年6月8日）

人民剧院《女间谍》演出广告

人民剧院今日起演三天！

《女间谍》

时间：五点半、七点半

票价：五十元、一百元

（《晋察冀日报》1946年6月12日）

新张家口剧场《夏伯阳》演出广告

《夏伯阳》又到本市，今日在新张家口剧场上演！

五时、八时两场

今后将陆续选演中外名片，敬希各界人士注意。

（《晋察冀日报 1946 年 7 月 2 日》）

新张家口剧场《歌声泪痕》演出广告

《歌声泪痕》

新张家口剧场今天起连演三天!

每日两场：六时、八时

（《晋察冀日报》1946 年 7 月 4 日）

人民剧院《克罗斯达海军》演出广告

人民剧院继续上演苏联历史战争名片!

《克罗斯达海军》（详细中文说明）

时间：二点半、五点半、八点

票价：五十元、一百五十元

（《晋察冀日报》1946 年 7 月 6 日）

人民剧院《不可侵犯的边疆》演出广告

人民剧院今日再度上演《不可侵犯的边疆》!

苏联战前名片（详细中文说明）

看光明与黑暗的搏斗，

看社会主义与法西斯的搏斗，

看国防战士与反动间谍的搏斗。

时间：五点半、八点

票价：五十元、一百五十元

剧情简单介绍：在苏联国防线上，边防军的战士们日夜监视着对面法西斯的土地，因为那边随时都会有奸细偷过国防线到苏联的国家里进行破坏。边防军得到情报，两个礼拜以后有奸细过界，所有的边防军战士都紧张地准备着捕捉这些坏东西；边防上枪声响了，打破了边疆的寂静，经过了几次激烈的搏斗，奸细们先后被捕获了，一个也没有跑掉，一个也没有打伤，因为每一个红军战士都奉到命令：“要捉活的！不许跑掉一个！”

苏联的边疆是不可侵犯的！

（《晋察冀日报》1946年7月10日）

新张家口剧院《李三娘》演出广告

今日起上演《李三娘》!

志远投军、磨坊产子、教场招亲、兴师问罪、阖家团圆

时间：二点半、五点、八点

票价：五十元、一百五十元

（《晋察冀日报》1946年7月10日）

人民剧院《巴库工人武装起义》演出广告

人民剧院今日上演《巴库工人武装起义》！

苏联历史巨片（全部中文说明）

时间：五点半、八点

票价：一百元、二百元

启事：现在百物昂贵，本院经影联决议，自即日起增加票价，普通票二百元，军人票一百元（军票只限现役军人，着制服、带臂章符号者，各级党政机关人员恕不按军人优待）。特此声明。

人民剧院

七月十五日

（《晋察冀日报》1946年7月16日）

人民剧院《楚霸王》演出广告

有口皆碑！

雄视中国之影坛古装历史名片

《楚霸王》

“得民心者兴，失民心者亡。”

请看历史上血的教训!

人民剧院今日起特地选演

时间：五点半、八点

票价：一百元、二百元

（《晋察冀日报》1946年7月18日）

1946年7月18日演出广告

庆丰戏院

早场：《武家坡》《甘露寺》《败子回头》

晚场：《花为媒》，新排全本《杨贵妃》

新新戏院

早场：《怀都关》《六月雪》《辕门射戟》《清风亭》

晚场：全本《金石盟》

裕民戏院

早场：《汾河湾》《夜战马超》《包公案》《甘露寺》

晚场：《南天门》《捉放》《黄逼宫》《战宛城》

同德戏院

早场：《花蝴蝶》《卖人鱼》《取成都》

晚场：《坐窑》《大报仇》《断桥》《五红图》

（《晋察冀日报》1946 年 7 月 18 日）

1946 年 7 月 19 日演出广告

民主影院

今日上演古装巨片《楚霸王》！

每日同时加演魔技奇术

时间：一点、七点

庆丰戏院

早场：《女起解》《老刘公》《李存孝打虎》

晚场：《双吊孝》，新排全部《杨贵妃》

新新戏院

早场：《义都泪》《打王英》《孟母择邻》《黄一刀》《马义救主》

晚场：全部《盗银壶》

裕民戏院

早场：《看兵书》《塔子沟》《空城计》《拾金不昧》《打金枝》

晚场：《三岔口》《血手印》《黄鹤楼》《抱火柱》

同德戏院

早场：《英雄义》《采桑》《斩黄袍》《黄犬救主》

晚场：《游花园》《二度梅》《梅龙镇》《白犬救主》

（《晋察冀日报》1946年7月19日）

1946年7月20日演出广告

新华电影院

开张大减价！

今日准演《三娘担水》！

重名利轻情义的刘志远，

吃尽苦受尽罪的李三娘。

时间：十一点、二点半、七点

票价：五十元、一百五十元

民主影院

今日上演古装巨片《楚霸王》！

每日同时加演魔技奇术

时间：一点、七点

庆丰

早场：《回杯记》《骂殿》《赵五娘》《九江口》

晚场：《杜十娘》，新排全部《杨贵妃》

新新

早场：《甘露寺》《卖弓计》《探寒窑》《桃花岭》

晚场:《借东风》《大三岔口》

裕民

早场:《鸡架山》《牧羊卷》《李桂枝》《大溪皇庄》

晚场:《七星庙》《战北原》《女中魁》

同德

早场:《收秦明》《骂殿》《斩子》《火焰驹》

晚场:《金山寺》《鸡架山》《芦花》《东皇庄》

(《晋察冀日报》1946 年 7 月 20 日)

1946 年 7 月 21 日演出广告

庆丰

早场:《听琴》《斩子》《五女哭坟》,全本《金钱豹》

晚场:《周子琴》,全本《杨贵妃》

新新

早场:《反西凉》《六月雪》《辞朝》《徐策》,《温酒斩华雄》(代《白门楼》)

晚场:再三特烦《绿鸭滩》《蒋平闹舟》(各人独有,叶派真传)

裕民

早场:《东皇庄》《花亭》《大报仇》《天河配》

晚场：《袭蜡庙》《游花园》《□□》《明公断》

同德

早场：《清风寨》《定军山》《走雪山》《女忠孝》

晚场：《趣三山》《本处关》《盏楼》《双巧配》

（《晋察冀日报》1946年7月21日）

1946年7月22日演出广告

民主影院

今日上演社会巨片《永远的微笑》

同时加演魔技奇武术

时间：一点、七点

票价：二百元、一百元

庆丰

早场：《朱砂痣》《摇钱树》《打渔杀家》，全本《夜审姚达》

晚场：《李三娘》，全本《杨贵妃》

裕民

早场：《南阳关》《二堂舍子》《怀秀生》

晚场：《摇钱树》《金为门》《女忠孝》《断桥》

同德

早场：《扫窑》《鄚州庙》《牧羊卷》《法门寺》

晚场：《赶船》《怀都关》《金水桥》《万里长城》

（《晋察冀日报》1946年7月22日）

1946年7月23日演出广告

庆丰

早场：《打面缸》《捉放曹》《生死板》，全本《挑滑车》
晚场：《借衣□》，全本《杨贵妃》

裕民

早场：《泗州城》《金水桥》《风饯亭》
晚场：《平江南》《双官诰》《牧虎关》《献地图》《日月图》

同德

早场：《高三上坟》《界牌关》《忠保国》《同恶报》
晚场：《杀狗》《下河东》《机房训》《大溪皇庄》

（《晋察冀日报》1946年7月23日）

人民剧院《等着我》演出广告

眼福不浅！人民剧院今日起上演！
苏联最近之艺术巨片，名诗人西蒙诺夫杰作。
《等着我》（又名《望穿秋水》）

写战时夫妇之悲欢离合，情切意长。

记乱世男女之贞行操守，感人至深。

时间：五点半、八点

票价：一百元、二百元

（《晋察冀日报》1946 年 7 月 24 日）

1946 年 7 月 24 日演出广告

庆丰

早场：《花亭会》，全本《秋海棠》

晚场：《花为媒》，全本《杨贵妃》

裕民

早场：《杀庙》《斩单童》《走雪山》《双巧配》

晚场：《焰火棍》《永寿庵》《搜孤》《救孤》

同德

早场：《捡柴》《独木关》《取成都》《打金枝》

晚场：《女起解》《杀伍府》《哭灵堂》《女贞血》

（《晋察冀日报》1946 年 7 月 24 日）

1946年7月25日新张家口实验平剧团启事

启事

为了改造平剧开展社会教育事业，俞珊等发起组织新张家口实验平剧团，经多日筹备，现已组织就绪。唯本团系民办性质，创办伊始，人力物力，均感莫大困难。为了顺利进行今后工作起见，特于七月二十六七八三日，选择佳剧，举行募捐基金公演，深望关心社教工作及爱好平剧各界先进，踊跃购票输捐，援助鄙团工作，不胜感谢之至。

新张家口实验平剧团

团长　俞珊

副团长　何迟

二十六日

午场：《两将军》《徐母骂曹》《嘉兴府》，梅派佳剧《凤还巢》（陶鸣芳主演）

晚场：《逼上梁山》

二十七日

午场：《铡美案》《钓金龟》《挑滑车》，单剑刺蚌《君子国》（陶鸣芳主演）

晚场：《逼上梁山》

二十八日

午场：《赵州桥》《时迁偷鸡》《泗州城》，封建家庭悲剧《孔雀东南飞》（穆非主演）

晚场：《逼上梁山》

午场：十二时　票价：三百元

晚场：六时　票价：五百元

代售票处：新华书店（解放大街）

大昌公司（南武城街）

民众教育总馆（至善街）

人民合作社（怡安街）

（《晋察冀日报》1946年7月25日）

1946年7月25日演出广告

庆丰

早场：《回杯记》《龙戏凤》《玉堂春》，全本《战宛城》

晚场：《小赶船》，全本《杨贵妃》

裕民

早场：《伍员逃国》《吕蒙正》《算军粮》《金陵寺》

晚场：《盘门》《定军山》《赶子》《回荆州》

同德

早场：《黄逼宫》《卖华山》《永寿庵》《斩黄袍》《下江南》

晚场：《坐窑》《戏凤》《渭水河》《赶天书》

（《晋察冀日报》1946年7月25日）

1946年7月26日演出广告

庆丰

早场：《怀都关》，全部《杨三姐》

晚场：《王少安》，全部《杨贵妃》

裕民

早场：《夜战马超》《子母炮》《蝴蝶杯》

晚场：《反午门》《三击掌》《民反徐州》《血手印》

同德

早场：《写状》《斩子》《刘公案》

晚场：《拷寇》《凤鸣关》《大帐》《锔碗丁》

（《晋察冀日报》1946年7月26日）

1946年7月27日新张家口实验平剧团启事

新张家口实验平剧团筹募基金首次公演！

二十七日

午场：杨丽青《铡美案》，马韵甫《钓金龟》，张金元《挑滑车》，梅派秘本全部《廉锦枫》（陶鸣芳主演）

晚场：《逼上梁山》

平剧革命作品　全体出演

二十八日

午场：《赵州桥》《时迁偷鸡》《泗州城》，（封建家庭大悲剧）程派秘本、穆非主演全部《孔雀东南飞》

晚场：《逼上梁山》

全体出演　革命佳剧

午场：十二时　票价：三百元

晚场：六时　票价：五百元

代售票处：新华书店

大昌公司

民众教育馆

人民合作社

启事

为了改造平剧开展社会教育事业，俞珊等发起组织新张家口实验平剧团，经多日筹备，现已组织就绪。唯本团系民办组织创办伊始，多处均感莫大困难，为了顺利进行今后工作起见，特于本月（七月二十六七八三日）特选佳剧举行筹募基金公演，深望关心社教工作及爱好平剧各界先进踊跃购票，援助鄙团工作，不胜感谢之至。

敬礼

新张家口实验平剧团

团长：俞珊

副团长：张仁第

何迟

（《晋察冀日报》1946 年 7 月 27 日）

1946年7月27日演出广告

民主影院

今日上演派拉蒙公司出品惊险巨片《西方健儿》!

同时加演魔技奇武术!

星期六、星期日（开演三场）

时间：十二点半、三点半、七点

新华电影院

今日上演《如此繁华》!

　　看！旧社会的罪恶

　　瞧！夫妇俩的下落

时间：十一点、二点半、七点半

票价：一百元、二百元

庆丰

早场：《梅龙镇》《哭井》，全本《甘露寺》

晚场：《周子琴》，全本《杨贵妃》

裕民

早场：《庆顶珠》《忠保国》，全本《红霞关》

晚场：《女起解》，全本《金沙滩》，《斩窦娥》

同德

早场：《打黄盖》《破洪州》《走雪山》《反徐州》

晚场:《看兵书》《洞房》《战马超》《金水桥》《采桑》《九件衣》

(《晋察冀日报》1946年7月27日)

1946年7月28日演出广告

庆丰

早场:《王少安》《摇钱树》，全本《甘露寺》

晚场:《李三娘》，全本《杨贵妃》

裕民

早场:《三岔口》《苦肉计》，全本《富贵图》

晚场:《下西河》《祭江》《烈女传》《坐楼杀惜》

同德

早场:《游花园》《清风寨》《汴凉图》《八义图》

晚场:《宋喜朋》《梅花洞》《杀狗》《梅绛雪》

(《晋察冀日报》1946年7月28日)

1946年7月29日演出广告

人民剧院

今日起只演五天！

苏联工人运动名片，片带中文字幕说明

《伟大的生活》

劳动创造一切开辟着新的光荣生活，社会主义国家幸福的现在和灿烂的将来都是属于劳动人民的。

时间：五点半、八点

票价：一百元、二百元

实验平剧团

早场：《父子哭城》《黄一刀》《母女会》，全部《大英杰烈》

晚场：《逼上梁山》

六时上演，请驾早临！

全体出演，革命佳剧！

地址：解放桥旁新张家口剧院

票价：二百元、军人一百元

庆丰

早场：《黄金台》《杜十娘》，全本《溪皇庄》

晚场：《哭井》，全本《新天河配》

裕民

早场：《黄逼宫》《骂殿》《失街亭》，全本《梅绛雪》

晚场：《九江口》《杨知县》《满床笏》

同德

早场：《藏舟》《杀四门》《击掌》《下河东》《摔子》《盘山》

晚场：《柴桑关》《双官诰》《双锁山》《血手印》《六月雪》

（《晋察冀日报》1946 年 7 月 29 日）

1946 年 7 月 30 日演出广告

实验平剧团

早场：《赶三山》《太君辞朝》《四杰村》《起解》《玉堂春》

庆丰

早场：《失街亭》（代《斩谡》），全本《珍珠衫》，《大兴梁山》

晚场：全本应节佳剧《新天河配》（推翻旧史，完全新编）

裕民

早场：《小放牛》《取西川》《花亭会》《炮烙柱》

晚场：《拾金不昧》《桑园会》《战宛城》

同德

早场：《断桥》《扫雪》《女起解》《金沙滩》

晚场：《白水滩》《永寿庵》《君妃恨》《白面犯》

（《晋察冀日报》1946年7月30日）

1946年7月31日演出广告

实验平剧团

早场：《摩天岭》《望儿楼》《宇宙锋》《冲霄楼》

民主影院

今日上演派拉蒙公司出品惊险巨片《西方健儿》！

同时加演魔技奇武术

时间：一点、七点

票价：一百元、二百元

新华电影院

今日上演《如此繁华》！

看！旧社会的罪恶！

瞧！夫妇俩的下落！

时间：十一点、二点半、七点半

票价：一百元、二百元

庆丰

早场：《王少安》《摇钱树》，全本《空谷兰》

晚场：全部《新天河配》，《败子回头》

裕民

早场：《泗州城》《困雪山》《英杰烈》

晚场：《白马坡》《铡美案》《天河配》

同德

早场：《三岔口》《三疑计》《祭江》《三上轿》《八件衣》

晚场：《反西凉》《牧羊卷》《藏舟》《白面犯》

（《晋察冀日报》1946 年 7 月 31 日）

1946 年 8 月 1 日演出广告

实验平剧团

早场：《八义图》《六月雪》《射戟》《酸枣岭》《刺八杰》《巴骆和》

新华电影院

今日上演古装巨片《南北和》！

真刀真枪，排场浩大。

主演：袁美云

每日三场

时间：十一点、二点半、七点半

票价：一百元、二百元

庆丰

早场：《武家坡》《一箭仇》《同恶报》，全本《御果园》

晚场：全部《新天河配》，《双吊孝》

裕民

早场：《牧羊卷》《下河东》《女中魁》

晚场：《挂牌子》《过巴州》《杀狗》《天河配》

同德

早场：《怀秀生》《英雄义》《骂殿》《双吊孝》《打金枝》

晚场：《五梅驹》《芦花》《七星庙》《大金林寺》

（《晋察冀日报》1946年8月1日）

1946年8月2日演出广告

实验平剧团

早场：《鱼肠剑》《杀四门》《行路》《哭灵》《梅龙镇》《罗成叫关》，范元濂主演全部《盗银壶》《佛手橘》（南北驰名，叶君亲传；每唱必满，请驾早临；各界特烦，不另加价）

民主影院

今日上演苏联歌唱巨片《歌情伴侣》!

附有详细中文说明

时间：一点、七点

票价：一百元、二百元

庆丰

早场：《烧骨记》《武家坡》《女起解》（代《会审》），全本《安天会》

晚场：应节佳剧《新天河配》（推翻旧史，完全新编）

裕民

早场：《刺巴杰》《献地图》，全本《卖水》

晚场：《莲花湖》《庆顶珠》《张飞归天》，全本《天河配》

同德

早场：《界牌关》《南天门》《杀江》《游花园》《谢金莲》

晚场：《塔子沟》《破洪州》《采桑》《天河配》

（《晋察冀日报》1946 年 8 月 2 日）

1946 年 8 月 3 日演出广告

实验平剧团

早场：田少朋主演《怀都关》，马韵甫演《孟母择邻》，张世孝演《岳家庄》，陶鸣芳、杨立清演《宝莲灯》，范元濂、殷元和主演全部

《生辰纲》（白胜劫皇杠起至七星聚义止，水泊梁山精彩一幕）

庆丰

早场：《花亭》《斩子》《摇钱树》，全本《宦海潮》

晚场：应节佳剧《新天河配》（推翻旧史，完全新编）

裕民

早场：《余塘关》《芦花记》，全本《凤仪亭》

晚场：《白逼宫》《八蜡庙》（搬请李义，教场发兵），全本《新天河配》

同德

早场：《二度梅》《嘉兴府》《花亭》《鸡架山》《天河配》

晚场：《二度梅》《嘉兴府》《花亭》《鸡架山》《天河配》

（《晋察冀日报》1946 年 8 月 3 日）

人民剧院《欧亚探险队》演出广告

只演两天！

人民剧院今日三场！

《欧亚探险队》

镜头惊险！请游历：号称世界屋脊的喜马拉雅山

取材新颖！请参观：亚洲少数民族各种风俗习惯

时间：两点半、五点半、八点

票价：一百元、二百元

（《晋察冀日报》1946 年 8 月 4 日）

1946年8月4日演出广告

实验平剧团

早场：关一峰演《瞎子逛灯》，马韵甫演《遇后龙袍》，范元濂演《小放牛》，张金元、陶鸣芳、殷元和、全体演员《长坂坡》《汉津口》（三国演义，精彩一幕，旧剧重排，伟大贡献）

庆丰

早场：《回杯记》《失街亭》《临江驿》《嘉兴府》

晚场：应节佳剧《新天河配》（推翻旧史，完全新编）

裕民

早场：《斩子》《二进宫》，全本《万佛衣》（代《赶天书》）

晚场：《春秋配》《凤鸣关》（代《出祁山》），《黄鹤楼》，全本《新天河配》

同德

早场：《战坡口》《教子》《小放牛》《斩黄袍》《火焰驹》

晚场：《白袍救主》《见皇姑》《赐环》《女中魁》

（《晋察冀日报》1946年8月4日）

1946年8月5日演出广告

实验平剧团

早场：《大回朝》《两将军》《孟津河》《白水滩》，哈元章、陶鸣芳、全体演员全部《四进士》（《节义廉明》，马派佳剧）

晚场：本团新排宋史武侠佳剧（一集）《藏珍楼》（白菊花盗冠袍革履，山西雁宝刀吓群贼）

内容丰富，演期不多。

票价：一律二百元

地址：解放大桥旁新张家口剧院

庆丰

早场：《六月雪》，全本《杨三姐告状》

同德

早场：《赶三山》《坐楼》《双锁山》《回荆州》

晚场：《祭江》《永寿庵》《藏舟》，头二本《秦香莲挂帅》

裕民

早场：《斩子》《二进宫》，全本《万佛衣》（代《赶天书》）

晚场：《春秋配》《凤鸣关》（代《出祁山》），《黄鹤楼》，全本《新天河配》

（《晋察冀日报》1946年8月5日）

1946年8月6日演出广告

实验平剧团

早场：《反西凉》《黄金台》《桃花岭》，全本《甘露寺》（准代《丧巴丘》）

庆丰

早场：《梅龙镇》《水帘洞》《借当》，全本《秦香莲》

裕民

早场：《红霓关》《乾坤带》，全本《游龟山》

晚场：《坐窑》《金陵寺》《算军粮》

同德

早场：《战冀州》《捡柴》《白逼宫》《女忠孝》

晚场：《鸣凤关》《断桥》《陈杏元》，三四本《秦香莲挂帅》

（《晋察冀日报》1946年8月6日）

1946年8月7日演出广告

实验平剧团

早场：《卖弓计》《太君辞朝》，陶鸣芳主演《牧羊卷》，全体演员

《大战宛城》（胡车盗戟，张绣刺婶）

庆丰

早场：《吴家花园》《骂殿》《打渔杀家》，全本《九江口》

同德

早场：《牧虎关》《杀狗》《金水桥》《东皇庄》

晚场：《子母炮》《三岔口》《汴梁图》《万里长城》

裕民

早场：《打瓜园》《清风亭》，全本《蝴蝶杯》

晚场：《匕首剑》《陈宫计》，全本《回江西》

（《晋察冀日报》1946 年 8 月 7 日）

1946 年 8 月 8 日演出广告

实验平剧团

早场：《狮子楼》《宇宙锋》《状元谱》，各界特烦《连环套》（准代《盗马》《议事》《拜山》）

新华电影院

今日上演国产新片《白雪公主》，不可不看。

主演：陈娟娟

时间：一点半、七点

庆丰

早场：《六月雪》，全本《杨三姐告状》（唐山实事，枪毙高占英）

晚场：《小赶船》，应节佳剧《新天河配》（推翻旧史，完全新编）

裕民

早场：《破洪州》《游花园》《甘露寺》《回荆州》（代《芦花荡》）

晚场：《双吊孝》《八义图》《教子》

同德

早场：《双吊孝》《骂殿》《合凤裙》《法门寺》

晚场：《子母炮》《三岔口》《汴梁图》《万里长城》

（《晋察冀日报》1946 年 8 月 8 日）

1946 年 8 月 9 日演出广告

实验平剧团

早场：《越虎城》《探寒窑》《一匹布》，张世孝主演全部《温酒斩华雄》（命诸侯，虎牢关，战吕布，白门楼）

庆丰

早场：《怀都关》，全本《杨小脚》

晚场：《王少安》，应节佳剧《新天河配》（推翻旧史，完全新编）

裕民

早场：《收关胜》《迎亲》《鸡架山》《怀秀生》

晚场：《嘉兴府》《桑园会》《包公案》

同德

早场：《梅花洞》《七星庙》《斩单童》《同恶报》

晚场：《杏花村》《取成都》《机房训》《大溪皇庄》

（《晋察冀日报》1946 年 8 月 9 日）

人民剧院《父亲回来了》演出广告

人民剧院特选——《父亲回来了》（又名《归来》）！

苏联家庭故事巨片，片带中文字幕说明

父亲刚从北极探险归来，儿子要到北极探险寻父。

咫尺天涯，互不相认，让你哭……让你笑……

今日三场！

时间：二点半、五点半、八点

票价：一百元、二百元

好消息：本院新到大批苏联音乐唱片，每场前轮番放送，嗜音乐者大可一饱耳福。

（《晋察冀日报》1946 年 8 月 10 日）

1946年8月10日演出广告

实验平剧团

早场：《赶三山》《金锁记》《射戟》《武家坡》，全部《庆顶珠》（旧剧重排，代《劫法场》）

晚场：（连台接演新排二集）《藏珍楼》（太岁坊，固始县，龙王庙，落贼店，金钱堡，合欢楼，装神鬼，闹家宅）

地址：解放大桥旁新张家口剧院

庆丰

早场：《三岔口》《梅龙镇》，全本《季玉娘》

晚场：《忠孝全》《李三娘》，应节佳剧《新天河配》（推翻旧史，完全新编）

裕民

早场：《摇钱树》《三疑计》，（全本《刘秀出世》）《辛安驿》

晚场：《收秦明》《龙凤剑》《百花点将》

同德

早场：《花亭》《下南唐》《刘公案》

晚场：《扫雪》《大蝴蝶杯》

（《晋察冀日报》1946年8月10日）

1946年8月11日演出广告

实验平剧团

早场：《背板凳》《花蝴蝶》《沙桥饯别》，全部《借东风》（马派佳剧，代《华容道》）

庆丰

早场：《黄金台》《哭井》《溪皇庄》，准带什样杂耍

晚场：《杜十娘》，应节佳剧《新天河配》（推翻旧史，完全新编）

裕民

早场：《塔子沟》《战北原》《断桥》《玉虎坠》

晚场：《戏凤》《南天门》《烈女传》《战宛城》

同德

早场：《赶船》《挂画》《洪洞县》《下江南》

晚场：《金雁桥》《捡柴》《二度梅》《枪毙白面犯》

（《晋察冀日报》1946年8月11日）

1946年8月12日演出广告

实验平剧团

早场：《卖弓计》《吊金龟》《过五关》，全部《金石盟》（吵家借刀，石秀杀嫂，《盗皇坟》代《偷鸡》）

民主影院

北菲猛兽巨片《兽国奇观》！

加演炭画，杂耍大会！

时间：一点、七点

票价：一百元、二百元

庆丰

早场：《朱砂痣》《女起解》（代《会审》），《甘露寺》（准代《芦花荡》）

晚场：《王少安》，《姊妹雪冤记》（悲惨凄苦佳剧）

裕民

早场：《英雄义》《洪洞县》《八件衣》《打金枝》

晚场：《走边》，全本《二堂舍子》，《新天河配》

同德

早场：《破洪州》《金山寺》《杀狗》《黎民反徐州》

晚场：《清风寨》《双锁山》《取洛阳》《孔雀东南飞》

（《晋察冀日报》1946年8月12日）

1946年8月13日演出广告

实验平剧团

早场：《举鼎》《行路训子》《汾河湾》《英雄义》

全部《黄鹤楼》（代《水战》《三江口》《芦花荡》《气周瑜》）

庆丰

早场：《捉放》《洞房认父》《三打店》（准代《武松发配》）

晚场：《德孝双全》，《姊妹雪冤记》（悲惨凄苦佳剧）

裕民

早场：《看兵书》，全本《刺王僚》，《大溪皇庄》

晚场：《牧虎关》《斩子》《新天河配》

同德

早场：《怀秀生》《战马超》《坐楼》《梅绛雪》

晚场：《清风寨》《双锁山》《取洛阳》《孔雀东南飞》

（《晋察冀日报》1946年8月13日）

1946 年 8 月 14 日演出广告

实验平剧团

早场：《鱼肠剑》《八义图》《八蜡庙》，全本《孔雀东南飞》（程派佳剧，凄凉动人，描写封建，请驾早临）

庆丰

早场：《宇宙锋》《百草山》《秋海棠》

晚场：《姊妹雪冤记》（悲惨凄苦佳剧）

裕民

早场：《金刚庙》《取洛阳》《女写状》，全本《斩窦娥》

晚场：《杀庙》《错中错》《藏舟》，新排佳剧全本《春秋笔》

同德

早场：《祭江》《定军山》《藏舟》《锔碗丁》

晚场：《八蜡庙》《游花园》《杀江》《孔雀东南飞》

（《晋察冀日报》1946 年 8 月 14 日）

人民剧院《莱蒙托夫》演出广告

人民剧院今日上演！

苏联名片（俄罗斯大诗人传之一页）

《莱蒙托夫》（全部中文说明）

时间：六点、八点

票价：一百元、二百元

《莱蒙托夫》简单说明：莱蒙托夫是俄国有名的大诗人。这个片子写他由于对沙皇陷害了大诗人普希金的不满，写诗纪念普希金，指责沙皇，而被充军到高加索，在那儿遇见另一位革命诗人被罚为戍卒，同时遇见好友马尔斗诺夫。不久他又被赦回圣彼得堡，在书店遇见大批评家伯林斯基，谈到果戈理从巴黎的来信。此后，莱氏曾参加俄土战争，英勇得胜，但沙皇嫉妒，不嘉奖反调他回后方。最后他被沙皇走狗华公爵挑拨与好友马尔斗诺夫决斗，被马氏射死，时为一八四一年七月十五日。

（《晋察冀日报》1946年8月15日）

1946年8月15日演出广告

实验平剧团

早场：《摩天岭》《黄金台》《孟母三迁》《宇宙锋》，全部《蒋平闹舟》

庆丰

早场：《二姐思夫》《水帘洞》《空谷兰》

裕民

早场：《红逼宫》《金水桥》，全本《红霞关》

晚场：《金骂门》《杀狗》，新排佳剧全本《春秋笔》

同德

早场:《英雄义》《双官诰》《汴梁图》《黄犬救主》

晚场:《八蜡庙》《游花园》《杀江》《孔雀东南飞》

(《晋察冀日报》1946 年 8 月 15 日)

1946 年 8 月 16 日演出广告

实验平剧团

早场:《两将军》《徐母骂曹》《赵家楼》,《凤还巢》(梅派佳剧,本团新排)

庆丰

早场:《花亭会》《武家坡》《偷鸡》《夜审姚达》

裕民

早场:《泗州城》《失街亭》,全本《女中魁》

晚场:《双官诰》《藏舟》,新排佳剧全本《春秋笔》

同德

早场:《白水滩》《刘金定》《泗水关》《九件衣》

晚场:《采桑关》《双吊孝》《过巴州》《孔雀东南飞》

(《晋察冀日报》1946 年 8 月 16 日)

1946年8月17日演出广告

实验平剧团

早场：《赶三山》《卖马》《探窑》《鸿鸾禧》，全部《定军山·阳平关》

晚场：（连台接演新排三集）宋史武侠佳剧《藏珍楼》（南阳府，六里屯，美珍楼，糕干铺，团城子，红翠园，白沙滩，打擂台）

地址：解放大桥旁新张家口剧院

民主影院

今日上演恐怖惊险巨片《古堡魅影》！

　　妙女情郎，土混地痞，

　　阴谋手段，霸占家产，

　　活人装怪，暗设机关，

　　设计不成，土混被害，

　　凶险异常，孩童勿看。

加演冰上舞短片

星期六、日特演三场

十一点半、三点半、七点

票价：一百元、二百元

庆丰

早场：《李三娘》，《失街亭》（代《斩谡》），《莲花庵》《余千舍命救主》

裕民

早场：《怀都关》《庆顶珠》《池水驿》《铡美案》

晚场：《红桃山》《琥珀珠》《扫雪》《英杰烈》

同德

早场：《子母炮》《女起解》《血手印》《金沙滩》

晚场：《龙戏凤》《二度梅》《击掌》《孔雀东南飞》

（《晋察冀日报》1946年8月17日）

1946年8月18日演出广告

实验平剧团

早场：《怀都关》《遇皇后》《武文华》《南阳关》，新排《廉锦枫》

新华电影院

今日上演《无花果》

时间：十一点、二点半、七点半

庆丰

早场：《斩子》《收关胜》《德孝双全》《打瓜园》

裕民

早场：《白水滩》《戏凤》《下河东》，全本《女忠孝》

晚场：《哭灵》（代《赶天书》），《万佛衣》《炮烙柱》

同德

早场：《鄚州庙》《迎亲》《杏花村》《八件衣》

晚场：《龙戏凤》《二度梅》《击掌》《孔雀东南飞》

（《晋察冀日报》1946 年 8 月 18 日）

人民剧院《渔家女之悲剧》演出广告

人民剧院今日起每天特演三场中国名片《渔家女之悲剧》！

什么叫情…… 什么叫爱……

阔少爷哪儿会顾念到渔家女的死活……

阔少爷哪儿会把穷渔家女爱在心怀……

时间：二点、六点、八点

票价：一百元、二百元

（《晋察冀日报》1946 年 8 月 19 日）

1946 年 8 月 19 日演出广告

实验平剧团

早场：《赶三山》《乌龙院》《辞朝》《三盗九龙杯》，全部《一捧雪》

民主影院

今日上演周璇主演《渔家女》!

河下生涯——可以看看

插曲清脆——更得听听

每日三场

时间：十二点、三点、七点

票价照常，概不加价

票价：一百元、二百元

庆丰

早场：《吴家花园》《武家坡》《九江口》《杨小脚》

晚场：三本《水浒》（武松景阳冈打虎）

裕民

早场：《七星庙》，全本《金陵寺》，《算军粮》

晚场：《南阳关》《困雪山》，全本《火焰驹》

同德

早场：《反西凉》《七星庙》《白逼宫》《谢金莲》

晚场：《女起解》《善宝庄》《下河东》《赶天书》

（《晋察冀日报》1946 年 8 月 19 日）

1946年8月20日演出广告

实验平剧团

早场：《反西凉》《黄金台》《遇后》《打面缸》《八大锤》（《王佐断臂》，准代《说书》）

庆丰

早场：《王二姐》《梅龙镇》《临江驿》《战宛城》

晚场：《六月雪》全部，三本《水浒》（武松景阳冈打虎）

裕民

早场：《夜战马超》《黄逼宫》《断桥》《重耳走国》

晚场：《反午门》《龙凤剑》《锔碗丁》

同德

早场：《永寿庵》《嘉兴府》《牧虎关》《天河配》

晚场：《永寿庵》《嘉兴府》《牧虎关》《天河配》

（《晋察冀日报》1946年8月20日）

1946年8月21日演出广告

实验平剧团

早场：《秦怀玉》《行路》《开山府》《反民》《苏州城》（历史佳剧）

庆丰

早场：《怀都关》，全本《杨三姐》

晚场：北平名丑茹富蕙初次来张露演杰作《定计化缘》

裕民

早场：《破洪洲》《忠孝图》《忠保国》《日月图》

晚场：《祭长江》《牧羊卷》《凤仪亭》

同德

早场：《赶三山》《藏舟》《凤鸣关》《六月雪》

晚场：头二本《秦香莲挂帅》

（《晋察冀日报》1946年8月21日）

1946年8月22日演出广告

实验平剧团

早场：《鱼肠剑》《义都泪》《吊龟》《骂殿》，全部《溪皇庄》（旧剧重排，节目翻新）

晚场：（连台接演新排四集）宋史武侠佳剧《藏珍楼》（访名师，诈降计，清静庵，双招亲，信阳州，串地锦，讨楼图，破机关）
地址：解放大桥旁新张家口剧院

庆丰

早场：《摩天岭》《汾河湾》《五元哭坟》《安天会》

裕民

早场：《打瓜园》《鸡架山》《汾河湾》《辛安驿》
晚场：《汴梁图》《南天门》《射戟》《乌龙院》

同德

早场：《李陵碑》《洞房》《取西川》《女中魁》
晚场：三四本《秦香莲挂帅》

（《晋察冀日报》1946年8月22日）

旧联、艺联为支援自卫战争公演启事

启者：本会为了庆祝张家口市解放一周年，支援自卫战争，彻底粉碎蒋介石的进攻，特于八月廿三日张市各剧院各游艺场所，举行义务公演。是日收入全部慰劳我前方英勇作战的八路军，望各界人民踊跃购票输捐。

此启

张家口市旧剧联合会、艺曲联合会敬启

庆丰（旧联第一分会）

早场：《兄妹开荒》（延安秧歌戏），《枪毙杨小脚》（解放前人民痛

苦事实，解放后人民翻身故事）

晚场：以古证今看看国民党反动派特务活动，新观点历史剧《雍正》（特务皇帝，手足相残，杀父害兄，夺取王位，汉奸官僚，卖国求荣，新做清装，布景空前）

新张家口实验平剧团（旧联第三分会）

本会在廿三四两日晚场举行义务公演

廿三日

晚场：四集《藏珍楼》，《连升三级》

廿四日

晚场：《大群英会》（《借东风》《孔明过江》《群英大会》《蒋干盗书》《南屏借风》《火烧战船》）

裕民（旧联第四分会）

本会廿三日早场参加四区解放周年纪念大会公演《血泪仇》，廿三日晚场、廿四日早场举行义务公演。

廿三日

晚场：《杀江》《花亭》《陈宫计》《血泪仇》（是对蒋介石的暴行写真，是人民血泪的控诉，使你气愤填胸，使你悲痛流泪）

廿四日

早场：《塔子沟》《南天门》《烈女传》，全本《打金枝》

同德（旧联第五分会）

早场：《斩黄袍》《教子》，全体登台，天凤魔术团参加，《大溪皇庄》

晚场：《击鼓》《越虎城》《善宝庄》《美人计》，请看蒋记反动派多么卑鄙无耻，请看蒋记反动派多么阴险毒辣，是涿鹿县的真人真事，

是涿鹿县工作人员的创作

早晚两场票价一律二百元

艺曲联合会

在张市各游艺场所演唱新节目：《晋察冀的小姑娘》《女儿英雄》《王桂香》《解放大鼓》《控诉》《反内战》《新十二月小调》

都是新创作，唱人民翻身故事，唱解放区英勇斗争的英雄。

人民剧院明日劳军义务公演！

只演一天！特演四场！

《名伶之死》

旧社会黑暗，悲痛又惨凄。

时间：十二点、二点半、五点、七点半

票价：一律二百元

新华电影院

今日义卖全部收入捐助前方

《四姊妹》

主演：陈娟娟、韩兰根

时间：二点半、七点半

（《晋察冀日报》1946年8月22日）

1946年8月23日裕民剧院启事

本院义演时间改为二十三日早场与二十四日早场义务公演《血

泪仇》，二十三日晚场参加四区张市解放周年纪念会公演。

（《晋察冀日报》1946年8月23日）

1946年8月23日演出广告

实验平剧团

早场：《怀都关》《十八扯》《昔孟母》《镇潭州》《泗州城》，全体演出跟头比赛

晚场：举行义务公演，连台接演新排四集《藏珍楼》，北平名丑先进茹富蕙先生由平来张各界烦演拿手杰作《连升店》

民主电影院

今日为支援自卫战前线义务公演！

两个巨片同时上演

《渔家女》主演：周璇

《古堡魅影》（中文说明）

加演冰上飞舞短片

时间：十二点、六点

票价：军民一律三百元

（《晋察冀日报》1946年8月23日）

1946年8月24日演出广告

人民剧院今日只演一场！

《渔家女之悲剧》

时间：二点

票价：一百元、二百元

实验平剧团

早场：各界特烦再度公演宋史武侠独有佳剧一集《藏珍楼》

晚场：特请北平名丑先进茹富蕙先生出演，特请唐伯弢同志助演，萧派亲传，伟大佳剧，全部《借东风》，演期不多，请驾早临

新华电影院

今日上演《楚霸王》！

时间：二点半、七点半

庆丰

早场：《吴家花园》《宇宙锋》《打瓜园》《同恶报》《李存孝打虎》

晚场：新排清宫秘史《雍正》（新制服装，富丽堂皇，布景翻新，彩砌鲜明，剧中情节，穿插紧凑，佳座无多，请驾早临）

裕民

早场：《挂牌子》《过巴州》《金水桥》，全本《玉虎坠》

晚场：《击掌》《献地图》，头本《血泪仇》

同德

早场：《血手印》《二度梅》《女起解》《金林寺》

晚场：《血手印》《二度梅》《女起解》《美人计》

（《晋察冀日报》1946 年 8 月 24 日）

1946 年 8 月 25 日演出广告

实验平剧团

早场：各界特烦再度公演宋史武侠独有佳剧二集《藏珍楼》

晚场：（连台接演新排四集）宋史武侠佳剧《藏珍楼》（访名师，诈降计，清静庵，双招亲，信阳州，串地锦，讨楼图，破机关）

地址：解放大桥旁新张家口剧院

庆丰

早场：《回杯记》《斩子》《打狗劝夫》《五人义》

裕民

早场：《黄逼宫》《战北原》《清风亭》，全本《包公案》

晚场：《定军山》《二堂舍子》，全本《血泪仇》

同德

早场：《英雄义》《七星庙》《过巴州》《贫女泪》

晚场：《定军山》《怀秀生》《双吊孝》《美人计》

（《晋察冀日报》1946 年 8 月 25 日）

1946 年 8 月 26 日演出广告

实验平剧团

早场：《狮子楼》《宝莲灯》，全部《甘露寺》

庆丰

早场：《武家坡》《老刘公》，《甘露寺》（准代《芦花荡》）

裕民

早场：《余塘关》《桑园会》《打鱼藏舟》《二堂献杯》

晚场：《双锁山》《大报仇》，头本《血泪仇》

（《晋察冀日报》1946 年 8 月 26 日）

1946年8月27日演出广告

人民剧院

明日起演《名伶之死》!

(内有上海名伶童月娟之《霸王别姬》)

今日最后一天《渔家女之悲剧》!

时间：二点、五点、七点半

票价：一百元、二百元

实验平剧团

早场：《秦始皇》《金锁记》《射戟》《清风亭》，《恶虎村》（《三义绝交》）

庆丰

早场：《梅龙镇》《三打店》《杜十娘》《乱石山》

裕民

早场：《焰火棍》《少华山》《血手印》《蝴蝶杯》

晚场：《双吊孝》《牧虎关》《天水关》，头本《血泪仇》

同德

早场：《清风寨》《捡柴》《走山》《火焰驹》

晚场：《高三上坟》《双官诰》《打金枝》《东皇庄》

（《晋察冀日报》1946年8月27日）

1946年8月28日演出广告

人民剧院

今日起特演三场!

中国名片——《名伶之死》

写三角恋爱，入情入理。

写名伶生活，悲痛凄惨。

时间：十二点、三点、七点

票价：一百元、二百元

实验平剧团

早场：《怕婆》《大回朝》《雁翅关》《沙桥饯别》，全部《打渔杀家》

新华电影院

今日上演《名伶之死》(《霓裳恨》)!

影片里看平剧一举两得。

三万元订合同逼死名伶。

主演：童月娟

时间：十一点、二点半、七点半

庆丰

早场：《回杯记》，《失街亭》(代《斩谡》)，《打狗劝夫》《余千救主》

裕民

早场：《三疑计》《女写状》《反徐州》

晚场：《金刚庙》《碰碑》《甘露寺》，头本《血泪仇》

同德

早场：《三岔口》《锁五龙》《杏元和番》《白面犯》

晚场：《三岔口》《锁五龙》《杏元和番》《白面犯》

（《晋察冀日报》1946年8月28日）

1946年8月29日演出广告

实验平剧团

早场：《卖马》《十八扯》《黄一刀》，全部《四进士》

庆丰

早场：《女起解》《落马湖》《王二姐》《水帘洞》《宦海潮》

裕民

早场：《走边》《盗灵芝》《杀狗》《梅绛雪》

晚场：《九江口》《五梅驹》《断桥》《新天河配》

同德

早场：《打黄盖》《藏舟》《李陵碑》《锔碗丁》

晚场：《游花园》《小放牛》《刘公案》

（《晋察冀日报》1946年8月29日）

1946年8月30日演出广告

实验平剧团

早场：《白水滩》《伐齐东》《樊江关》《状元谱》《大铁龙山》

晚场：特烦范元濂饰刘公道、殷元和饰刘瑾、刘元彤饰宋巧姣、哈元章饰赵廉、关玉峰饰贾桂，全团合演全部《法门寺》。各界特烦，准代《大审》

庆丰

早场：《回杯记》《朱砂痣》《白水滩》《空谷兰》

裕民

早场：《放牛》《苦肉计》《扫雪》《八义图》

晚场：《洪洞县》《鸡架山》《坐窑》《战宛城》

同德

早场：《卖子》《断桥》《战冀州》《杀狗》《法门寺》

晚场：《捡柴》《子母炮》《双锁山》《反徐州》

（《晋察冀日报》1946年8月30日）

1946年8月31日演出广告

实验平剧团

晚场：轰动张市，革命佳剧，场面翻新，集体出演，《三打祝家庄》

庆丰

早场：《女起解》《怀都关》《赶韩信》《哭井》《金钱豹》

裕民

早场：《看兵书》《白逼宫》《八件衣》《红霞关》

晚场：《刺巴杰》《游花园》《南天门》《黄鹤楼》《教子》

同德

早场：《永寿庵》《挂画》《洪洞县》《下江南》

晚场：《破洪州》《白水滩》《双吊孝》《凤鸣关》《同恶报》

（《晋察冀日报》1946年8月31日）

公演义务戏好消息

为了支援前线，争取自卫战争胜利和平民主早日实现，特合组剧团，假人民剧院，公演义务戏两天，慰劳前线英勇战士。特请各方剧家、票友，共襄义举，深望各界人士，届时光临，不胜欢迎之至！

日期：九月二、三日下午六点开戏

票价：每位边币三百元整

地址：解放大桥旁人民剧院

义务戏剧目

二日

晚场：《托兆》《打渔杀家》《问樵闹府》《大翠屏山》

三日

晚场：《吊龟》《宝莲灯》《打面缸》《宇宙锋》《三国志》

主办：平绥铁路职工俱乐部、裕民运输公司职工会

后援：抗敌剧社、张垣烟草公司职工会

（《晋察冀日报》1946 年 9 月 1 日）

1946 年 9 月 1 日演出广告

人民剧院

今日起特演三场中国名片——《名伶之死》！

　　写三角恋爱，入情入理。

　　写名伶生活，悲痛凄惨。

时间：十二点、三点、七点

票价：一百元、二百元

实验平剧团

早场：《药茶计》《打面缸》《御碑亭》，全部《三岔口》（叶派亲传）

晚场：新排革命佳剧《三打祝家庄》

民主影院

今日上演社会巨片《灵与肉》！

本片写出了封建社会的余毒，揭穿了资产阶级的丑恶罪过，画出了弱女子在生活中挣扎。

开演时间：二点、七点

票价：一百元、二百元

新华电影院

今日上演《名伶之死》（《恨霓裳》）！

影片里看平剧一举两得。

三万元订合同逼死名伶。

主演：童月娟

时间：十一点、二点半、七点半

庆丰

早场：《黄金台》《珍珠衫》，《溪皇庄》（准代什样杂耍）

晚场：新排清宫秘史《雍正》（新制服装，富丽堂皇，布景翻新，彩彻鲜明，剧中情节穿插紧凑，佳座无多，请驾早临）

裕民

早场：《看兵书》《白逼宫》《八件衣》《红霞关》

晚场：《刺巴杰》《游花园》《南天门》《黄鹤楼》《教子》

同德

早场：《花蝴蝶》《金山寺》《洞房》《回荆州》

晚场：《梁兰英》《柴桑关》《七星庙》《梅绛雪》

（《晋察冀日报》1946年9月1日）

1946年9月2日演出广告

人民剧院

今日只演两场《名伶之死》！

时间：十二点、三点

票价：一百元、二百元

晚场公演义务佳剧支援前线

实验平剧团

早场：《潞安州》《一匹布》《徐母骂曹》《长坂坡》《汉津口》《摔子惊曹》

晚场：新排革命佳剧《三打祝家庄》

民主影院

今日上演社会巨片《灵与肉》！

本片写出了封建社会的余毒，揭穿了资产阶级的丑恶罪过，画出了弱女子在生活中挣扎。

开演时间：二点、七点

票价：一百元、二百元

新华电影院

今日上演《名伶之死》（《恨霓裳》）！

影片里看平剧一举两得。

三万元订合同逼死名伶。

主演：童月娟

时间：十一点、二点半、七点半

庆丰

早场：《汾河湾》《捉放》《生死板》《艳阳楼》

晚场：新排清宫秘史《雍正》

同德

早场：《春秋配》《祭江》《二度梅》《三上轿》

晚场：《投县》《怀都关》《藏舟》《定军山》《六月雪》

（《晋察冀日报》1946 年 9 月 2 日）

1946 年 9 月 3 日演出广告

实验平剧团

早场：《大战廉颇》《阎惜姣》《落花园》，新排《铜网阵》

晚场：新排革命佳剧《三打祝家庄》

新华电影院

今日上演苏联名片《拳王大决斗》，加演战争新闻

拳王决斗，勇猛惊人。

时间：二点半、七点

庆丰

早场：《花亭会》《斩子》《李香莲》《九江口》

晚场：新排清宫秘史《雍正》

同德

早场：《赶三山》《汴梁图》《桑园会》《黄犬救主》

晚场：《鄚州庙》《杏花村》《彩楼配》《谢金莲》

（《晋察冀日报》1946年9月3日）

1946年9月4日演出广告

人民剧院

今日起上演苏联运动名片《拳斗》，详细中文说明。

世界拳手，苏联英雄。

法国比赛，胜利归来。

加演新闻片

时间：二点、七点半

票价：一百元、二百元

儿童半价：一百元

实验平剧团

早场：《界山口》《药茶计》《烛影记》，全部《盗银壶》
晚场：新排一集革命佳剧《三打祝家庄》

新华电影院

今日上演苏联名片《拳王大决斗》，加演战争新闻！
拳王决斗，勇猛惊人。
时间：二点半、七点

庆丰

早场：《吴家花园》《失街亭》（代《斩谡》），《德孝双全》《余千救主》
晚场：新排清宫秘史《雍正》

同德

早场：《独木关》《花亭》《白逼宫》《女忠孝》
晚场：《塔子沟》《打照牌》《牧虎关》《九件衣》

（《晋察冀日报》1946年9月4日）

1946年9月5日演出广告

实验平剧团

早场：《秦始皇》《指鹿为马》《斩经堂》《定军山》《阳平关》
晚场：新排一集革命佳剧《三打祝家庄》

（《晋察冀日报》1946年9月5日）

1946年9月6日演出广告

实验平剧团

早场：《苏母汲水》，全部《黑狼山》

晚场：新排一集革命佳剧《三打祝家庄》，特请俞珊女士演扈三娘

（《晋察冀日报》1946年9月6日）

1946年9月7日演出广告

实验平剧团

早场：《姬光访贤》《杨家将》《秋胡戏妻》《战宛城》

晚场：新排一集革命佳剧《三打祝家庄》

（《晋察冀日报》1946年9月7日）

1946年9月8日演出广告

实验平剧团

早场：轰动平津武侠佳剧《酒丐》

晚场：新排一集革命佳剧《三打祝家庄》

（《晋察冀日报》1946年9月8日）

1946年9月9日演出广告

人民剧院

今日起再演三天！

《渔家女》，加演五彩炭画笑片。

时间：十二点、三点、七点

票价：一百元、二百元

实验平剧团

早场：《打城隍》《别庙》《白水滩》《梅龙镇》，《哭灵牌》（准代《火□□□□》）

晚场：各界挽留丑界先进，特烦茹富蕙先生，《法门寺》（准代《大审》），由平新到名净金少山得意高足李少庄先生主演《刺王僚》，概不加价

新华电影院

今日上演美丽滑稽新片《五彩炭画》！

幕幕非常滑稽，小心笑痛肚子。

时间：二点半、七点

民主影院

今日上演社会巨片《桃花园》！

同时加演短片、魔技奇武术

开演时间：十二点、五点半、七点

票价：一百元、二百元

（《晋察冀日报》1946年9月9日）

1946年9月10日演出广告

实验平剧团

晚场：各界挽留丑界先进茹富蕙先生《群英会》（《蒋干过江》，准代《盗书》），李少庄全部《打龙袍》，概不加价

（《晋察冀日报》1946年9月10日）

1946年9月11日演出广告

实验平剧团

早场：《鱼肠剑》《盘肠战》《望儿楼》《战太平》，全部《凤还巢》（梅派佳剧）

晚场：各界挽留王界先进茹富蕙先生，《胭脂宝褶》（《失印救火》），李少庄先生《牧虎关》（准代《游庄》），概不加价

（《晋察冀日报》1946年9月11日）

1946年9月12日演出广告

实验平剧团

早场：由平新到金少山得意高足《战马超》《捉放》《查关》《牧羊

卷》《三盗九龙杯》

晚场：新排革命佳剧下集《三打祝家庄》

（《晋察冀日报》1946年9月12日）

1946年9月13日演出广告

实验平剧团

早场：由平新到金少山得意高足李少庄先生《雁翅关》《锁五龙》《玉碑亭》，全部《刺巴杰》（准代《巴骆和》）

（《晋察冀日报》1946年9月13日）

1946年9月14日演出广告

人民剧院

再度上演即将离张之：

苏联家庭故事片《父亲回来了》，片带中文字说明

时间：二点、七点

票价：一百元、二百元

世界名著、法国巨片《罪与罚》不日上演，注意演期

新华电影院

最后两天《五彩炭画》！

加演《苏联运动大会》！

时间：二点半、七点

实验平剧团

早场：由平新到金少山得意高足李少庄先生《狮子楼》《辕门斩子》《女起解》，全部《温酒斩华雄》

晚场：新排革命佳剧下集《三打祝家庄》

（《晋察冀日报》1946 年 9 月 14 日）

1946 年 9 月 15 日演出广告

人民剧院

今日起上演中国著名恐怖巨片《夜半歌声》！

紧张，紧张，真紧张！

恐怖，恐怖，更恐怖！

时间：一点、三点半、七点半

票价：普通三百元、儿童二百元、军人（穿军衣者）一百元

民主影院

新到中国恐怖巨片《夜半歌声》今日开始上演！

全部十三本，完整无缺！

湘萍、金山主演

同时加演魔技奇武术

开演时间：十二点、二点半、七点

票价：二百元、三百元

实验平剧团

早场：由平新到金少山得意高足李少庄先生《御果园》《徐母训子》《樊江关》《收关胜》《孔雀东南飞》

晚场：下集《三打祝家庄》，特请延安平剧研究院，王异同志饰乐和、张梦庚同志饰李妈、徐万恒同志饰李逵、牛树心同志饰顾大嫂

（《晋察冀日报》1946年9月15日）

1946年9月16日演出广告

实验平剧团

早场：《金锁记》《神亭岭》，由平新到金少山得意高足李少庄先生《锁五龙》《金石盟》（准代《偷鸡》）

晚场：革命佳剧下集《三打祝家庄》

（《晋察冀日报》1946年9月16日）

1946年9月17日演出广告

实验平剧团

早场：《反西凉》《沙桥饯别》《拿高登》，由平新到名净李少庄先生全部《四进士》（《节义廉明》）

晚场：革命佳剧下集《三打祝家庄》

（《晋察冀日报》1946年9月17日）

1946年9月18日演出广告

新华电影院

今日上演《灵与肉》

时间：二点半、七点

实验平剧团

早场：《狮子楼》《吊龟》《焰火棍》，由平新到名净李少庄先生全部《甘露寺》（准代《丧巴丘》）

晚场：革命佳剧下集《三打祝家庄》

（《晋察冀日报》1946年9月18日）

1946年9月19日演出广告

实验平剧团

早场：《秦怀玉》《武家坡》《岳家庄》《清官册》，全部《泗州城》

晚场：新排革命佳剧下集《三打祝家庄》，特请延安平剧研究院，王异同志饰乐和、张梦庚同志饰李妈、牛树心同志饰顾大嫂、徐万恒同志饰李逵

（《晋察冀日报》1946年9月19日）